Arno E. Meyer

Die Pforten der Erkenntnis

Arno E. Meyer

Die Pforten der Erkenntnis

Erzählung

Projekte-
Verlag
Cornelius

Impressum

1. Auflage
© Projekte-Verlag Cornelius GmbH, Halle 2010 • www.projekte-verlag.de
Mitglied im Börsenverein des Deutschen Buchhandels

Satz und Druck: Buchfabrik Halle • www.buchfabrik-halle.de

Titelbild: www.pixelio.de, Mo Freiknecht

ISBN   978-3-86237-074-0
Preis: 14,50 EURO

VORGESCHICHTE

Ich hatte Renate – auf ihren eigenen Wunsch – nach ihrem Tod im Sumpfloch versenkt. Ein Blitzeinschlag hat sämtliche Spuren ihrer Einsiedelei im Moorwald ausgelöscht.
Alles, was ich von meiner Geliebten, meiner Muse, meiner Lebensretterin in die Zukunft mitnehmen konnte, war – und ist – die Erinnerung an die weiseste Frau, die mir im Leben begegnet ist, an ihre lebensbejahende Einstellung, an ihre tolerante Haltung gegenüber Andersdenkenden, und – natürlich an meine ersten Erfahrungen mit der körperlichen Liebe. Meine Erste werde ich nie vergessen, sie lebt in meinen Gedanken und in meinem Herzen, solange ich atmen darf.
Als ich damals am Rand des Tümpels traurig beobachtete, wie die faulige Brühe meine Liebe verschluckte, hatte ich das Gefühl, einen Riesenschatz verloren zu haben, aber gleichzeitig den Schlüssel zum heiligen Gral – zur Pforte der Erkenntnis, zur Weltformel, zur Lebensformel, vielleicht sogar zum ewigen Leben – in den Händen zu halten. Die Weisheit der Einsiedlerin hatte ich begierig verinnerlicht und konnte mich nun – ganz in ihrem Sinne – auf den Weg machen, das passende Tor zu diesem Schlüssel zu suchen.
Zu meinem Glück wurde die Firma, in welcher meine Mutter als Näherin gearbeitet hatte, zufällig genau in jenem Monat, als Renate gestorben war, (Juli 1958) an einen Mannheimer Fabrikanten verkauft, da der Chef meiner Mutter – der Firmeninhaber selbst – keine Erben hatte und sich noch ein paar schöne Jahre machen wollte.
Meiner Mutter wurde im Mannheimer Werk eine leitende Stelle als Direktrice angeboten. Weil ich die schmerzliche Nähe zum Moorwald ohnehin nicht mehr so leicht ertragen konnte, redete ich meiner Erziehungsberechtigten gut zu, die Gelegenheit beim Schopf zu packen, da ich mir im Rhein-Neckar-Dreieck ebenfalls mehr Zukunftschancen ausrechnete, als in Norddeutschland.

Außerdem war uns beiden die einsame Lage unseres kleinen Miethauses an der Flussgabelung ohnehin schon längere Zeit ein Dorn im Auge gewesen. Wir fühlten uns da einfach nicht mehr wohl, seit mein Vater gestorben und meine Geschwister ausgezogen waren. Wir siedelten bereits im Oktober nach Nordbaden um. Dort gewann ich einen neuen Freundeskreis, erwarb die Fachhochschulreife und studierte BWL.
Ganz in Renates Sinne kümmerte ich mich jetzt auch mehr um das andere Geschlecht.
Mindestens einmal jährlich zog es mich aber zurück in meine alte Heimat, zu meinen früheren Freunden. Dann suchte – und fand – ich immer eine Gelegenheit, um mich in den Moorwald zu schleichen, um meiner ersten Geliebten zu gedenken.
Ich hatte gerade das Diplom in der Tasche, da bot mir ein Kommilitone aus Itzehoe an, mich für zwei Wochen mit nach Norddeutschland zu nehmen, da er – wie ich auch – anschließend eine Anstellung in Frankfurt am Main antreten sollte.
Auf einer Geburtstagsfeier bei meinem ehemaligen Schulbanknachbarn Gerhard, traf ich Else, die Tochter des Bauern, bei welchem ich früher als Knecht gearbeitet hatte. Natürlich gerieten wir ins Schwärmen über unsere Zeiten auf dem Heuboden und in den Ställen, erinnerten uns daran, wie wir bei schönem Wetter ohne Sattel und Zaumzeug auf den Rücken der Pferde über die Weiden galoppiert sind und verbrachten nahezu den ganzen Nachmittag und Abend damit, die Erinnerungen an unsere Kindheit auf dem Bauernhof aufzufrischen.
Wir tanzten und kamen uns näher und entdeckten einander unsere gegenseitige Zuneigung. Wir versprachen im Kontakt zu bleiben, mittels Briefwechsel und Telefon und uns so häufig zu besuchen, wie es unsere jeweiligen Arbeitsverhältnisse zulassen würden.
Ich wollte ihr das Schwetzinger Schloss und alle Burgen entlang der Bergstraße zeigen, welche ich zwischenzeitig von Darmstadt bis Heidelberg abgewandert hatte.

Im Laufe der Zeit entwickelte sich aus unserer Zuneigung wahre Liebe und wir schmiedeten Heiratspläne. Doch plötzlich wollte Else von Heirat nichts mehr wissen und reduzierte unser Verhältnis auf eine rein freundschaftliche Basis.

Der Grund dafür war, dass Elses Bruder einen tödlichen Motorradunfall gehabt hatte und dass sie den Hof übernehmen solle – und wollte – wenn ihr Vater sich auf das Altenteil zurückziehen würde. Wir könnten zwar befreundet bleiben, aber sie müsse ja wohl einen Landwirt heiraten, es sei jammerschade, dass ich nur Betriebswirt sei. Auch meine inzwischen im Fernstudium der Elektrotechnik dazu erworbenen Kenntnisse seien kein gleichwertiger Ersatz für eine Ausbildung im Agrarwesen.

Es war dann aber der alte Bauer selbst, der sich an meinen früheren Fleiß erinnerte, als ich bei ihm als landwirtschaftlicher Knecht gearbeitet hatte, wobei ich mir entsprechend gute Kenntnisse über Ackerbau und Viehzucht erworben hatte, der schließlich den Vorschlag machte, dass ich doch in seinen Hof einheiraten könne, er würde mir schon Einiges zutrauen und würde mich gerne noch weiter anleiten, bis er sich zur Ruhe setzen könne.

So stand unserer Eheschließung nichts mehr im Wege, und ich heiratete meine Else. Ich hatte großes Vertrauen zu meiner Frau und war ihr gegenüber auch stets absolut ehrlich, allein wenn ich mich an Renates Grabstelle ins Moor schlich, verschwieg ich das immer und habe niemals von meinem Verhältnis zu der Verstorbenen erzählt, mit keinem Menschen über sie gesprochen. Lediglich einmal bin ich deswegen in große Schwierigkeiten gekommen; als Else mir erzählte, wie und von wem sie entjungfert worden war, wollte sie auch wissen, wer meine Erste gewesen sei, da habe ich nur gesagt: „Die ist längst gestorben, ich möchte darüber nicht reden."

Und das hat meine liebe Gattin akzeptiert. Dafür liebe ich sie auch heute noch und fang' nun endlich mit der eigentlich vorzutragenden Geschichte an:

TEIL I

DIE ERFAHRUNGEN DER TOTEN

DER BLITZSCHLAG

Es war ein heißer Sommertag gewesen. Ich hatte die Feldarbeit erledigt und gevespert, verabschiedete mich nochmals für ein paar Minuten von Else und ging auf die Weide um nachzusehen, ob noch genügend Wasser in der Viehtränke sei.
Dunkelgraue Wolken wälzten sich schwer am Horizont über die Äcker, Wiesen und Wälder. Der orkanartige Wind hatte sich gelegt. Ich befand mich vielleicht zwanzig Schritte von der Wassertonne entfernt, da zuckte urplötzlich unmittelbar vor meinen Füßen ein greller Blitz in den Grasboden, gefolgt von einem ohrenbetäubenden Donnerknall.
Ich spürte einen heißen Schlag in die linke Schulter und ein brennendes, ekelhaftes Zucken im ganzen Körper. Dann fiel ich tot ins nasse Grün. Im Fallen spulte sich in rasender Geschwindigkeit mein Lebensfilm noch einmal vor meinem geistigen Auge ab. Eine herrliche Leichtigkeit bemächtigte sich meiner, dann verlor ich das Bewusstsein und damit auch mein Ich. Wie ich es zu Lebzeiten gelernt hatte, und weil ich ja immer ein guter Christ gewesen war, entschwebten mein Geist und meine Seele meinem Leichnam um einen Platz im Himmel einzunehmen. –

Mein Leichnam wurde gefunden und unter großer Anteilnahme in tiefer Trauer dem Gottesacker meiner Heimatgemeinde wieder einverleibt, zurückgegeben; der Staub, aus dem ich entstanden war, hatte mich wieder zurückbekommen.
Aber Moment mal: „Ich"? Nein, ich war ja nicht mehr „Ich", ich habe mich doch aufgelöst in einen Leichnam und in Geist und Seele.
Als mein Geist meinem entseelten Körper entflohen war, konnte ja nicht mehr von „Ich" die Rede sein, nun war aus „Ich" plötzlich Leiche, Seele und Geist geworden, vielleicht sollte ich sagen, ich bin in andere Dimensionen verwandelt worden, das dreidi-

mensionale Ich hat sich wieder in die ursprünglich einzelnen Dimensionen aufgeteilt. (Das ist scheinbar ja der Grund, weshalb wir drei Dimensionen brauchen; weil unsere Dreifaltigkeit sich mal wieder auflösen können muss).
Ich bin also hineingewachsen in ein anderes Ich, das kein Lebender sich plastisch vorstellen kann. Aber der Einfachheit halber werde ich nun doch weiterhin das „Ich" verwenden, gewissermaßen als Metapher für meine vergangene Wesenhaftigkeit oder/und mein jetziges Nichtssein, welches wir – nach dem Hinscheiden, wenn die irdische Stufe unseres Lebens erloschen ist – auch als eine neue Stufe des „Ewigen Lebens" verstehen können.
Da es in meiner jetzigen – übersinnlichen – Seinsform und Situation unmöglich ist, dir auf angepasstem, materiellem Wege verständliche Mitteilungen zu übermitteln, verzeih diese scheinbare Unlogik. –

Also, mein (und später auch dein) toter Körper löst/e sich bald wieder in seine einzelnen Bestandteile, Moleküle und Atome auf. Scheinbar besitzen unsere Körperzellen ein Selbstmord-Gen, welches in Aktion tritt, wenn unsere unsterbliche Seele auf Wanderschaft gegangen ist. Na ja, und gefräßige Bakterien und Würmer holen sich auch ihren Teil.
Deine Moleküle und Atome, aus denen du zum Zeitpunkt deines Todes bestanden hattest, werden so in den Kreislauf des Lebens zurückgeführt, ein perfektes Recycling, das gewährleistet, dass deine Einzelbestandteile als Bausteine für neues Leben stets weitere Verwendung finden; ein Molekül aus deinem Auge landet vielleicht im Kniegelenk deines Urenkels, ein Molekül aus deinem Finger in einer Kartoffel, und diese bringt vielleicht gerade dasjenige Molekül, welches die genetische Information für deine hohe musikalische Begabung trägt, in die Eierstöcke deiner Ur-Ur-Enkelin, …, insofern ist eigentlich die erste Stufe deines „nachirdischen", materiellen-partiell-ewigen Lebens gesichert.

Du kannst aber lange darauf warten, dass ein Zustand eintritt, in welchem alle Atome, aus denen Du heute zusammengesetzt bist, in genau derselben Wirkweise und Zusammensetzung nochmals gleichzeitig einen Körper bevölkern; also, dass du eine Wiedergeburt erfahren wirst.

Selbst, wenn in ferner Zukunft alle deine heute versammelten Moleküle einmal wieder ein Familientreffen veranstalten sollten, kannst du doch nicht von Wiedergeburt sprechen, denn dann müsste dein ganzes Lebensumfeld mit dem heutigen identisch sein, angefangen von deinen Eltern bis hin zu deinem letzten Atemzug.

Schließlich bist du ja keine Statue, kein Objekt; wenn du aber ein Subjekt bist, dann bist du eine Dauerbaustelle, dazu später mehr ... Du müsstest also die Zeit zurückdrehen, um eine „Wiedergeburt" zu bewerkstelligen; nach unserer Logik ist das unmöglich.

Wir sehen jetzt ein, dass unser Körper – als solcher, als aktiv bewegliche Statue – nicht ewig leben kann und auch kaum jemals wiederkehrt; lediglich die kleinsten Bestandteile sind unvergänglich, ob wir nun sehr fromm gelebt haben oder nach eigenen Gesetzen.

Wenn sich unser Geist und unsere Seele gleichmäßig auf die einzelnen Moleküle unseres Körpers verteilen würden, könnte man von denen sogar behaupten, die seien gemeinsam unsterblich. Das ist aber leider nicht so, Geist und Seele suchen sich angeblich andere Träger. Vielleicht lösen sie sich auch einfach in Nichts auf.

Vermutlich sucht sich der Geist einen Platz im Himmel und die Seele wird ihrerseits ihre Wanderung durch zig Millionen Kreaturen fortsetzen.

Aber nun laufe ich Gefahr, den roten Faden zu verlieren, zu sehr abzuschweifen, also zurück zu meinem tödlichen Blitzunfall:

Als ich nach drei Stunden von meiner Weideinspektion nicht zurückgekehrt war, schickte mein treusorgendes, besorgtes, liebes

Eheweib unseren Stallknecht aus, um mich zu suchen. Selbiger fand mich in verkrampfter Pose im saftigen Gras liegend, wohl leicht nach verkohltem Fleisch riechend, vor und versuchte mittels einer Mund-zu-Mundbeatmung mich dem Sensenmann noch einmal zu entreißen.

Letzterer behielt jedoch die Oberhand, was dazu führte, dass ein Notarzt gerufen wurde; als dessen Künste leider auch versagten, ein Leichentransporter, welcher mich unverzüglich in das örtliche Leichenschauhaus beförderte. Dort wurde ich entkleidet, nochmals medizinisch begutachtet, gründlich gewaschen, in ein weißes – hinten offenes – Totenhemd gesteckt und für die Ewigkeit geschminkt in einen engen Holzkasten, genannt Sarg, verfrachtet und in der Leichenhalle aufgebahrt.

Aus einem mir unerklärlichen Grunde musste ich bewacht werden. Das verstehe ich nicht; abgesehen von der Gefahr, dass Ratten oder Geier durch die versehentlich nicht geschlossenen Fenster einen Weg finden könnten, sehe ich keinen Anlass zur Vorsicht. In meinem Zustand – mit steifen Beinen und abgeschaltetem Hörvermögen, ohne funktionierenden Sehsinn oder Tastsinn – käme ich bestimmt nicht mehr auf die Idee das Weite zu suchen, abzuhauen, um mich dem Verscharrtwerden zu entziehen; und es ist auch nicht anzunehmen, dass irgendein Dracula mich entführen wollte.

Meine beiden Söhne wechselten sich mit der Totenwache ab. Wie zu erwarten war, stritten sie jetzt, wenn sie sich ablösten, schon um das Erbe, insbesondere darum, welcher von beiden den Hof weiterführen sollte – und damit sein ungeliebtes Studium abrechen könne..

Zwischendurch kam meine liebe Else in Tiefschwarz, drückte mir mit verheulten Augen einen Kuss auf die Stirn und auf den Mund, ja, auf meinen kalten Mund! – sie hatte mich tatsächlich geliebt. Für die warmen Tränen, mit denen sie dabei mein erstarrtes Gesicht benetzte, werde ich sie bis in alle Ewigkeit weiterlieben, auch wenn ich ihr einen würdigen Nachfolger für mich gönne (Eifersucht wäre fehl am Platz) ...

Die Zeitungen hatten über einen unvernünftigen, leichtsinnigen Bauern zu berichten und – möglichst teure – Todesanzeigen zu veröffentlichen. Der Begräbnisunternehmer freute sich über den Verkauf seiner überteuerten, überaus verschwenderischen Produkte. Ganz besonders ärgere ich mich darüber – vielmehr, ich könnte mich darüber ärgern, wenn ich noch lebte – dass der Steinmetz meinen Hinterbliebenen einen Grabstein aufschwatzte, der für fünftausend Jahre ausgelegt ist, der aber bereits nach fünfundzwanzig Jahren abgeräumt und verschrottet werden muss. (Oder heimlich, mit neuer Inschrift versehen, weiterverkauft werden wird!) So etwas finde ich gemein, unverschämt, weil hier die verminderte Urteilsfähigkeit der Trauernden ausgenützt wird!

Alle Beteiligten versuchten, aus meinem Ableben möglichst viel Profit zu schlagen; meine Erben und deren Rechtsberater, der Totengräber und Steinmetz, der Friedhofsgärtner und Bestattungsunternehmer, der Versicherungsvertreter und der Makler, der Pfarrer und das Finanzamt, der Gastwirt – bei welchem der Leichenschmaus kredenzt wurde –, der Trödler und viele weitere „Aasgeier"… Der Totenkult ist doch ein ziemlich profitabler Wirtschaftszweig, eigentlich großer Quatsch; ich konnte weder die Trauerreden hören noch konnte ich den Duft der Blumen und Kränze riechen.

Das ist aber auch gut so, sonst hätte ich mich – wegen der maßlosen Übertreibungen – im Grab gewunden wie ein Aal; ich wusste ja gar nicht, dass ich so ein herzensguter Mitbürger gewesen war … na ja, die Düfte der unschuldigen Pflanzen, die meinetwegen mit ins Gras beißen mussten, die hätte ich wohl noch gerne eingesogen.

Wieso wird bei uns die unsinnige Tradition der Skythen weitergeführt, wo den Toten ihre „Liebsten" mit ins Grab gesperrt wurden, weil der verstorbene Chef nicht alleine verwesen wollte und seine Witwe und seine Pferde keinem anderen Mann gönnte? Wenn es bei uns auch Gott sei Dank keine Menschen und

Lieblingstiere mehr sind, aber an den frischen Blüten könnten sich Bienen auf dem Feld mehr erfreuen als ein gefühlloser Leichnam, ohne funktionierende Riechzellen im dunklen Erdreich.

Ich konnte nicht die eleganten Kostüme der an meinem Weggang Anteilnehmenden sehen und mich nicht am Leichenschmaus laben; also, wenn es nach mir gegangen wäre, hätte ich es vorgezogen, nutzbringend verwendet zu werden, man hätte mich eventuell zur Energiegewinnung verwerten können, aus meiner Haut Handtaschen fertigen können oder mich wenigstens zu Tierfutter verarbeiten – jedenfalls hätte ich dabei ein besseres Gefühl gehabt als von Würmern zernagt zu werden (denn dadurch bin ich doch sowieso Tierfutter) und mit meinem Grabplatz die Bauplatzknappheit zu verstärken, oder ein wertvolles Gemüsebeet zu blockieren ...

Ich hätte beileibe auch nichts dagegen einzuwenden gehabt, wäre sogar stolz und äußerst zufrieden, wenn mein Herz künftig in einer – sonst dem Tod geweihten – hübschen jungen Dame weiter schlagen würde und so wenigstens ein ganz wichtiger Teil von mir (der Lebensmotor) dem ewigen Weiterleben entgegen klopfen würde.

Auch fände ich es toll, ja wunderbar, wenn man mir vor dem Verscharren die Hoden entfernt hätte und sie einem – an Hodenkrebs erkrankten – jungen Sportler stiftete, damit der wenigstens weitere sportliche Nachkommen zeugen könne und mich so auch noch nach meinem Ableben – posthum – zu Vaterfreuden kommen ließe.

Aber nein, mein Herz, dessen Sinusknoten durch den plötzlichen Blitzeinschlag zu Tode erschrocken war und dem kein schnell herbeigeeilter Rettungsarzt mehr auf die Sprünge geholfen hatte, muss nun faulen wie alle meine anderen eventuell für andere an Organen erkrankte Menschen, wichtigen Organe auch.

Ich wurde eingesargt und mit Blumen und Sand bedeckt, besungen, beweint und ‚leichen beschmaust'. Ich verstehe zwar, dass meine Erben und Konkurrenten (welchen ich jetzt eventuell nicht mehr den Weg versperren kann) mein Ableben als Anlass zu einer Festtagsorgie nehmen, aber ich meine, es wäre viel wichtiger gewesen, wenn man mir ehrliche Aufmerksamkeiten zu Lebzeiten zukommen gelassen hätte; was hab' ich denn jetzt von diesen albernen Abschiedszeremonien?

Aber so ist das nun mal, da ist die Tradition, und das – vom Geist verlassene – Fleisch wird gehörig vermarktet (auch ohne ausgenommen und zur Wiederverwendung vermarktet worden zu sein).

Und dann noch diese ewige Totenruhe. Wozu eigentlich? Ich höre, sehe und fühle doch nichts mehr! Warum darf man meine sterbliche Hülle nicht wieder ausbuddeln und vielleicht doch noch Teilchen von mir einem Weiterleben anvertrauen, oder für Forschungszwecke verwerten? Nein, das dürfen nur noch Würmer und Bakterien und Pilze. Die dürfen meinen Kadaver – denn ohne Geist und Seele bin ich doch nur noch Kadaver, Moder, Kompost – in mühevoller Kleinarbeit zersetzen, vertilgen, umarbeiten und dann teilchenweise neuen Individuen zum teilweise Weiterleben, Wiederbeleben, Wiederleben weiterbefördern – was manche Menschen Wiedergeburt nennen mögen.

Manche Überlebenden nennen es ja Wiedergeburt, wenn meine Herzmoleküle in einen Maulwurf eingehen und meine mehrfach verdaute, mehrfach ausgeschiedene und mehrfach wieder verdaute Lunge den Weg in Bäume, Gräser, Mücken, Elefanten und – nach tausend Jahren – eins von Milliarden Zellchen vielleicht sogar in das Auge eines Schriftstellers eingebaut wird ... oder, noch besser, in die Keimdrüsen eines angehenden Physikers oder Biologen (oder Chemikers, Philosophen ...)

Aber was soll diese Träumerei; ich – entseelt, entgeistet – liege steif in der dunklen Gruft, das Selbstmord-Gen meiner Körperzellen hat seine Arbeit aufgenommen und wird von Würmern, Bakterien und Pilzen unterstützt. Und diese Verweserei darf nun von keinem lebenden Menschen unterbrochen werden.

Wichtige Organe dürfen nicht – auch nicht heimlich – wirklich Bedürftigen einverleibt werden, weil mein Organspenderausweis nicht gefunden wurde.

Das ist traurig, und von mir lebt nichts weiter, jedenfalls nicht unmittelbar, weil die Organe erst von Würmern in mühevoller Kleinarbeit zu Zellen und Molekülen verarbeitet werden, bevor sie für eine Reise durch neue Organe aufbereitet werden. Der Herr Pfarrer hatte aber einen weiteren Grund, seiner Gemeinde die Vergänglichkeit vor Augen zu führen und sie der großen Gnade Gottes zu empfehlen.

Damit war mein Körper erledigt und meine Seele machte sich auf die Suche nach einem neuen Heim, während mein Geist gen Himmel emporschwebte, von wo aus ich euch jetzt berichte. – Wie gesagt, natürlich aus anderen Dimensionen heraus und mit anderen Sinnen, als sie einem lebenden Menschen zur Verfügung stehen. Gewissermaßen entmaterialisiert … (Vielleicht transzendiert?)

Ganz ohne jegliche Gefühle, ohne Emotionen und ohne durch den Gestank der Heuchelei abgelenkt zu werden, kann ich mich nun objektiv – neutral – aber mit der Erfahrung, der Weisheit der Toten, mitteilen:

DIE HIMMELFAHRT

Mein Körper – die sterbliche Hülle – lag nun gestorben in der Faulkiste. Meine Seele reinkarnierte sich, zunächst, in einen Eselembryo, hatte aber die feste Absicht, auch wenn ihr Weg noch durch Blumen, Fliegen, Frösche und Elefanten gehen sollte, die nächstbeste Gelegenheit zu nutzen, einem Mädchen den rechten Weg zu weisen – denn ich wäre schon immer viel lieber als Frau auf die Welt gekommen.
Dabei meine ich aber nur die Frau in der westlichen Zivilisation. Nicht nur wegen der schöneren Kleider und der großzügigeren Modefreiheit, die den weiblichen Kolleginnen privat und im Beruf zur Verfügung stehen: nach allen Erkenntnissen, die ich durch meine Diskussionen mit Else gewonnen hatte, und was ich so aus verschiedenen Fachbüchern und Zeitungsartikeln entnehmen konnte, hat die Frau mehr vom Leben als der Mann; man bedenke, dass Frauen eine über sieben Jahre längere Lebenserwartung haben als Männer. Das muss nicht wegen unserer riskanteren Lebensweise sein, sondern weil der männliche Organismus einfach einen schnelleren Energieumsatz hat und damit vielleicht früher die Endlichkeit der möglichen Zellteilungen erreicht; schließlich fehlt uns ja auch ein Achtel an den Chromosomen – sind wir Krüppel, die der Hilfe von Frauen bedürfen? Ein Chromosomenbeinchen könnte gerade sieben Lebensjahre bedeuten, Frauen beziehen ihre Lebensenergie aus acht Quellen, während Männern nur sieben zur Verfügung stehen. Obendrein sind unsere Mitbürgerinnen von der Wehrpflicht befreit, was nochmals anderthalb Jahre ausmacht.
Für achteinhalb Jahre hätte ich gerne das Geschlecht getauscht! Frauen sind viel näher am Leben selbst als Männer; Frauen bekommen, erleben durch die Schwangerschaft direkt mit, wie Leben entsteht. Zumindest mit Renate und Else stimme ich in der Vermutung überein, dass das weibliche Orgasmusempfinden

offenbar viel stärker ist, als das männliche. Frauen leben lebensnaher, naturnaher als wir, haben stärkere Emotionen und und und ... Aber das will ich jetzt nicht thematisieren ...
Meinen Geist zog, trieb es gen Himmel, deswegen wurde die Himmelfahrt angetreten.

Zunächst war es sehr schwer, den Himmel überhaupt zu finden; ich dachte immer, das sei das – oftmals – blaue Ding mit dem Gewölk über der Erde, so irgendwo, zwischen Sonne und Mond, aber nein, mein Religionslehrer hatte zwar immer behauptet, dass mir bei entsprechend guter Führung (damit meinte er, wenn ich auf die schönsten irdischen Dinge und Genüsse verzichte) das Himmelreich offen stünde; wie es da aussieht und wie ich da hinfinde, das hat der doch tatsächlich nicht verraten, und ich hatte nicht daran gedacht, danach zu fragen.
Meine Orientierung war auch noch dadurch erschwert, weil ich das himmlische Paradies „oben" gesucht habe, der Pastor hätte doch einfach sagen können: „Da draußen, weit weg vom Erdball ..." Dann hätte ich von vorneherein erst ein paar Runden um unseren Planeten gedreht. Auf die Weise hab ich's dann auch gefunden; es ist das absolute Nichts jenseits der Milchstraße; natürlich wollte ich mich sofort dem lieben Gott vorstellen, der mich ja in seiner übergroßen Güte von meiner lieben Frau weg zu sich gerufen hat. Ehrlich gesagt, ich wäre doch viel lieber noch ein paar Jahre bei meinem Weib geblieben, auch wenn wir uns manches Mal gestritten hatten, aber insgesamt war das eine tolle, lebenswerte Zeit. Hier oben, hier draußen hingegen, bange Ungewissheit, ein wahrer Irrgarten, ein Labyrinth.
Zuerst habe ich meinen himmlischen Vater überhaupt nicht erkannt, meine religiöse Vorstellung von ihm als – unendlich weisen – menschenähnlichen Mann, wurde total über den Haufen geworfen. Ich vermute, dass Moses und sogar des Allmächtigen Sohn Jesus sich auch nie ein rechtes Bild von diesem übernatürlichen Geschöpf haben machen können. Entschuldigung, „Ge-

schöpf" darf ich nicht sagen; er war doch selbst der Schöpfer, hat er sich also selbst erst aus dem Nichts geschaffen um hernach die Welt zu erschaffen? Egal, ob er selbst das Produkt eines noch ursprünglicheren Schöpfers ist, oder ob er über die Fähigkeit verfügt, aus Nichts etwas hervorzuzaubern, menschenähnlich ist er nicht, der hat auch bestimmt kein Geschlecht.

Das angebliche Indiz, dass der Schöpfer männlich sei, ist die Behauptung, dass er unter Missachtung seines eigenen Gebotes die angebliche Jungfrau Maria verführt haben soll und dabei einen Halbgott zeugte ... (Kein Gläubiger könnte glauben, dass Gott selbst sein siebtes Gebot ignorierte!)

Das ist eine Ungereimtheit, die zu kommentieren ist: Bei Marias „unbefleckter" Empfängnis handelte es sich offenbar um keinen biologischen Zeugungsakt zwischen Gott und der jungen Frau; diese war vielleicht schon schwanger von ihrem Verlobten (oder ist von Besatzungssoldaten vergewaltigt worden), lediglich ist die Schwangere in einer besinnlichen Stunde auf göttliche Ideen (oder Einflüsse) gestoßen und hat diese ihrer Leibesfrucht weitergegeben. Es hatte keine natürliche, genetische Befruchtung seitens Gott stattgefunden, sondern eine ideelle, geistige, geistliche, eine Bewusstseinserweiterung vielleicht. Gott hat nämlich gar keine Gene, wozu auch? Er braucht sich doch nicht reproduzieren, weil er schon ewig ist. (deswegen brauchte er sich in seiner Fötalphase – die er aber niemals durchmachen brauchte – auch nicht entscheiden, ob er männlich oder weiblich die Welt erleben, beleben, regieren will).

Dass der liebe Herrgott sich den Menschen (und zwar nur den Mann!) zum Ebenbilde erschaffen haben will, das ist eine überhebliche Selbsteinschätzung von Homo sapiens, eher hat der Mensch sich Gott oder Gottes Spiegelbild zum Ebenbild geschaffen, gewünscht; Gott ist mit den menschlichen fünf Sinnen und den uns zur Verfügung stehenden drei Dimensionen gar nicht erfassbar! Gott ist geschlechtsneutral, außersinnlich und „transdimensional". Deswegen verstehen wir auch nicht seine/ihre – der Gottheit – Reaktionen auf unsere Gebete.

Obwohl er allmächtig ist – zaubern kann – obwohl er uns seinen Willen eingibt, obwohl er unsere Wege lenkt und unser Lebensziel vorherbestimmt, wir selbst müssen ihm erst einmal den Weg weisen, den wir gehen wollen! Ist das nicht ein Widerspruch?
Als anno 1959 mein Freund in die Gruft hinab gelassen wurde, da hatte ich erkannt, dass meine Gebete, mein ganzes Winseln diesen einzig wahren Gott kalt gelassen hatten, aber nicht etwa, weil der mir böse gewesen war; nein, ganz einfach, weil er längst seine Antennen eingezogen hatte – weil zu viele Bitter und Fürbitter ihn ständig belästigen; wie soll er sich denn verhalten, wenn zum Beispiel bei einem Wettlauf, einer Olympiade, auf der Aschenbahn beim Start ein gut-katholischer spanischer Sprinter neben einem ebenfalls gut-katholischen Italiener kniet und beide den selben Vater im Himmel um den Sieg bitten? Das ist eine Zwickmühle, ein Dilemma; wenn nicht all seine Schäfchen die selben Interessen haben, wenn wir unserem Allmächtigen mit gegensätzlichen Wünschen entgegentreten, wie soll er entscheiden, wenn er uns alle gleich lieb hat?
Am besten, er hält sich einfach raus! (Heute erst versteh' ich seine Reaktion.). Als ich – beziehungsweise mein Geist – im Himmel engelsgleich umherschwebte, ihm ins Gesicht sah, was sah ich? Nichts! Als ich ihm die Hand reichen wollte, was spürte ich? Nichts! Als ich ihn bat, mir meine Aufgaben im Himmelreich zuzuweisen, was hörte ich? Nichts! Gott muss aber existieren, deswegen ist der Begriff „Nichts" völliger Unsinn. "Nichts" hat eigentlich nichts in unserem Sprachschatz zu suchen.
Mir blieb also nichts, als die Erkenntnis, dass wir Gott nicht erkennen können. Gott ist nämlich gar nicht körperlich, wie wir Menschen, nein, Gott ist wie die ganze Menschheit und Tierwelt, die Sterne und die Sonne zusammen, ist die ganze Energie, das ganze Universum, alles Sein und Geschehen, alles Sichtbare und Unsichtbare, alles Begreifbare und alles Unerklärliche, die alles durchdringende Lenkungskraft überhaupt. Gott ist für alles

verantwortlich, ist Macht und Geschehen, ist Gerechtigkeit und Ungerechtigkeit, Leid und Freud', nur kein Mann!

Das war nämlich der Kardinalfehler, den der berühmte Pharao Echnaton begangen hatte, als er die Namen seiner Vorgänger aus den Denkmälern kratzte und den Monotheismus erfand – den ja dann die Juden, Christen und Moslems übernommen haben.

Als Moses Echnatons Idee übernahm, hatte er wohl erkannt, dass eine allumfassende, mehr als dreidimensionale, Schöpferkraft (oder besser gesagt, Lenkungskraft) die Welt bewegt.

Sie unterlagen aber beide dem Trugschluss, dass nur eine Hälfte der Menschheit, nämlich die Männer, arbeiten und Verantwortung übernehmen können. (Ihre Mütter sollten dabei nur „minderwertige" reproduktionsnotwendige Anhängsel sein, oder Leben spendende Sklavinnen?) Wir dürfen also ruhig die Existenz Gottes bejahen, nur dürfen wir uns darunter kein menschähnliches, maskulines Geschöpf vorstellen.

Wer sollte Gott denn geschaffen haben? Sollte Gott denn auch einen Gott über sich haben? Darüber könnte ich jetzt ein ganzes Buch schreiben (zum Beispiel, welche Sinnesorgane kompatibel sind zwischen den verschiedenen Götterhimmeln und den Menschen, zwischen den menschähnlichen Wesen anderer Planeten und Tieren und Pflanzen und und und …) das gäbe einen Wälzer! Nein, das Werk kann jemand Anderes in Angriff nehmen – wenn Bedarf besteht –, ich tu' das nicht!

Ich bin höchstens bereit, mir darüber Gedanken zu machen, ob Gott, Allah, Jahwe nicht doch identisch sind, aber ich denke, Lessing ist mir da schon mit seinem weisen Nathan zuvorgekommen. Ich bin jedenfalls froh, dass ich mir meinen Glauben erhalten habe; wenn ich den Allmächtigen auch nicht mehr mit den Augen eines Kindes – als menschähnliches, männliches Wesen – sehen kann, wenn ich auch nicht an einen Gott glaube oder eine Göttin, aber an ein Gott glaube ich wohl; jawohl, wenn ich Gottes Reaktion auf meine Bitte auch nicht direkt erfahren/erkennen, verstehen kann, aber der Placeboeffekt tut manchmal doch seine Wirkung.

Und das Gott wird sich mir irgendwann offenbaren und jeder Mensch braucht ein Gott! Deswegen bin ich sehr froh darüber, dass es Religionen gibt. Ich plädiere unbedingt dafür, dass Religionen praktiziert und gepflegt werden. Auch die Vielfalt der Religionen sollten alle Prediger dieser Welt neidlos anerkennen. Konkurrenz belebt doch das Geschäft! Was sind denn Religionen eigentlich? Rückbezüge? Rückbesinnungen? Es sind Wege, – hier Trampelpfade, dort Rennstrecken – zu Gott (oder einer göttlichen Übermacht) zum Sinn unseres Lebens, zur menschlichen Bestimmung.

Jeder Vernunftbegabte sieht doch ein, dass wir von Paris nach Rom über München oder über Marseille fahren können, dass wir wandern, reiten oder fliegen können; die Reiseroute und das Verkehrsmittel der Wahl sind doch reine Geschmackssache, es ist Glaubenssache; wichtig ist doch nur, dass das Ziel erreicht wird.

Wo Wege sind, wo Verkehr reibungslos stattfinden soll, da muss es auch Verkehrsregeln geben. Deswegen sind Religionen auch Regelwerke, sie enthalten die für die entsprechende Gesellschaft allgemeingültigen Spielregeln für ein geordnetes Miteinander; Rechte und Pflichten, das soziale Gefüge, Moral und Zielvorgaben, aber nur für die Mitglieder der eigenen Religionsgemeinschaft, andere Glaubensgruppen können und dürfen selbstverständlich eigene Wege beschreiten und dafür alternative Regeln entwickeln. Keine einzige Kultur auf dieser Welt kann für sich in Anspruch nehmen, dass sie allein die absolute Wahrheit gepachtet hat, jede Religion (oder Lebensphilosophie) ist Glaubenssache. Es ist so schön, zu wissen, zu glauben; oft glaubt man eben nur, zu wissen. Deswegen sollte jedes einigermaßen intelligente Wesen mindestens so lange alle anderen Ansichten – als Glaubensrichtungen – tolerieren, wie es selbst dadurch nicht angegriffen (verletzt, beleidigt oder unterdrückt) wird!

Glaube unterscheidet sich doch gerade dadurch vom Wissen, dass er Ansichtssache ist, eigene Anschauung. Jedes denkende

Wesen braucht einen gewissen Halt, etwas, was sein Dasein, sein Leben sinnvoll erscheinen lässt; und den Sinn vermitteln die Religionen. Religionen sind Schutzhüllen, Himmelsleitern oder Seelenspeise/Manna ... Ich liebe alle Religionen, auch wegen der vielen schönen Sakralbauten und der herrlichen Kirchenmusik! Mein Hobby war es auf Erden nämlich gewesen, Kirchen, Kathedralen und Dome zu besichtigen. Wenn ich mit meiner Frau auf Reisen war – wenn meine Söhne und Knechte mich auf dem Hof vertreten konnten – habe ich mit ihr alle Kirchen besucht, die auf unserem Wege lagen.

Im Gegensatz zu Schlössern, die als Prunkbauten nur einer begrenzten Bevölkerungsschicht zugänglich waren, waren Kirchen für das ganze Volk da, an diesen Prunkbauten konnte sich auch der kleine Mann, die einfache Frau erfreuen, mit ihren Kirchen hatte das Volk einen Gegenwert zu den Schlössern des Adels, was Neid und Missgunst vermeiden half. Deswegen sind Kathedralen für mich viel wichtiger, edler und wertvoller als Luxusschlösser gewesen. Erstere waren (und sie sind es heute noch) Gebäude, die den Mittellosen soviel Geborgenheit bieten, soviel (Mit-)Besitzerstolz vermitteln, dass kein Neid auf die wirklich Besitzenden aufkommt. Egal ob Kirchen, Tempel, Synagogen, Dome, Münster, Kapellen, Moscheen und was es sonst noch gibt: Sakralbauten sind Friedensinseln!

Und die heilsame Orgelmusik, die beruhigenden Himmelsposaunen und die gregorianischen Gesänge; die haben immer meinen Puls beruhigt, wenn ich mich aufgeregt hatte. Sie haben mich friedfertig gestimmt gegen die Verursacher meiner Erregung.

Das wusste meine Frau, sie hat mir immer sofort eine Schelllackplatte mit Händels Orgelmusik oder Bach in die Hand gedrückt, wenn mein Adrenalinspiegel gesenkt werden musste. Was die Pharmaindustrie für Mindereinnahmen verzeichnen müsste, wenn alle Menschen wüssten, dass man keine Stühle klein schlagen muss, keine Zähne einschlagen, keine Berge erstürmen muss – und nicht einmal Schnaps braucht – um seinen

Zorn, seine Wut abzureagieren, den Puls zu bremsen. Dass allein ein Orgelkonzert oder ein paar gregorianische Lieder ausreichen, um ein aufgewühltes Gemüt zu besänftigen! Wie würde der Bedarf an Blutdruck senkenden Arzneien sich verringern, wenn die Hypertoniker mehr Kirchenmusik hören würden. –

Egal, nun, von hier oben, unter Gottes Obhut, frei von jeder Pflicht, total gefühllos, sehe ich einiges anders als damals bei euch auf Erden; mir ist jetzt erst so richtig bewusst, wie sehr ich mein „Ich" vermisse, wie es überhaupt zu meinem Ich gekommen war: Da war erst meine Mutter, die hatte eine Eizelle spendiert, und mein Vater gab ein Spermium dazu, ohne Eizelle wäre ich nicht und ohne Spermium auch nicht. Die Vereinigung hat im Bauch meiner Mutter stattgefunden und setzte einen etwa neun Monate dauernden Werdegang in Bewegung; damit hatte sie die Hauptlast für meine Ich-Werdung getragen.
Vorher konnte von mir keine Rede sein, vorher wurde lediglich vom mütterlichen Ahnenzweig dafür Sorge getragen, dass von Generation zu Generation der eine Teil meiner Gene weitergegeben wurde und von meines Vaters Ahnenzweig entsprechend der andere Anteil. Die eine Hälfte war im Ovarium verstaut, die andere Hälfte im Spermium versteckt. Die Zusammenführung dieser beiden – absolut gleichwertigen – Gruppen, aber das weiß ja heute jedes Kind, war dann die so genannte Befruchtung, aus der ich entstand. Am Anfang war ich wohl nur ein Tier, getrieben von Instinkten und Grundbedürfnissen, welche für ein Leben überhaupt notwendig sind.
Bis ich mich das erste Mal bewusst im Spiegel sah, war ich wohl eher Objekt denn Subjekt; jetzt aber begann ich mich zu begreifen, zu verstehen, auf mein Äußeres und Inneres zu reflektieren; ich glaube, da fing ich an, eine Person zu werden. Ich fing an, von mir selbst in der Ich-Form zu reden. Ich hatte spontan das Gefühl, einen Schritt vorwärts in eine neue Welt getan zu haben, ich hatte mich verwandelt von einem beseelten Objektwesen in ein Subjekt

mit Geist und Verstand; das war mein erster Eindruck von Erkennen, ich sah eine imaginäre Pforte – der Erkenntnis – ins Reich des Bewusstseins vor mir. Von da an brauchte ich meine Sinne nicht mehr allein für die Befriedigung natürlicher – tierischer – Bedürfnisse verwenden, (Hunger, Schlaf, Geborgenheit …) sondern konnte auch über Dinge nachdenken, die nicht dem täglichen Überlebenskampf dienen. Ich ließ das Tier hinter mir und fühlte mich als Mensch.

Als ich – vielleicht war ich zwei, vielleicht auch schon vier Jahre alt – zum ersten Mal so richtig bewusst mein Konterfei im Spiegel sah, da überlegte ich (obwohl ich noch Anhänger des Klapperstorchglaubens war), ob so die Vermehrung stattfindet (aber dann wären wir ja alle menschliche Klone, was ich noch nicht kannte, damals auch nicht kennen konnte). Ich nahm wahr, dass da ich – meine Person – mir selbst gegenüber stand! Den Einfall, dass Spiegel Vermehrungsmaschinen sein könnten, konnte ich schnell beiseite schieben; aber die Frage blieb: „Bin ich jetzt hier, bin ich da drinnen, habe ich einen Doppelgänger oder ist das gar", damals wagte ich den Gedanken nicht zu Ende zu denken, „Gott?"

In jenem Moment erschien mir schon Gott einfach alles Unerklärliche zu sein, wenn etwas war, was nicht sein kann, dann musste Gott höchstpersönlich dahinter stecken. Als ich an jenem Abend danach mein Abendgebet sprach (abends sprach ich immer das Abendgebet und beim Aufwachen das Morgengebet), da fügte ich dem Amen noch eine Frage an: „Lieber Gott, möchtest Du mir bitte verraten, wie ich in den Spiegel komme?"

„Mein Sohn", antwortete er, „solange die Menschheit denkt, dass es irgendwo noch ein Nichts gibt, solange sie mich beleidigt und behauptet, mein Ebenbild zu sein, wird das Geheimnis nicht gelüftet. Aber wenn Du, mein Lieber, das für dich behältst, dann sag ich's dir: Es gibt kein absolutes Vakuum, ich fülle alles aus, darum kann dein Spiegelbild entstehen, weil Energie Materie ist und Materie Energie, und diese kämpfen laufend um Platz, wenn deine Nasenspitze vor dem Spiegel die Teilchen verschiebt, dann geschieht, was du gestern mit dem flachen Kiesel am Wasser gemacht hast: Wellen … das muss dir erst mal reichen!" Das reichte mir nicht, aber ich wollte nicht frech sein und fühlte mich seit diesem Abend als Verbündeter Gottes. Ich war innerlich sogar so überheblich, dass ich mir einbildete, der Nachfolger von Jesus zu sein. Für diese, niemals geäußerte, Überheblichkeit schäme ich mich heute noch.

Ich wurde ganz normal, als Kind normaler Eltern geboren. An dieser Stelle muss ich unbedingt eine wichtige Erkenntnis loswerden: Wer nicht geboren wird, kann auch nicht sterben, wir werden also geboren, um zu sterben. Wenn wir nicht sterben würden, würden wir ja fortan ewig weiterleben. Aber wo fängt die Geburt an, und wo hört das Sterben auf? Und was würde „ewig leben" bedeuten? Ewig bedeutet doch nicht nur, dass es kein Ende gibt, ewig heißt doch: OHNE ANFANG UND OHNE ENDE!
Der Abschnitt zwischen Geburt und Tod ist lediglich eine Zeitspanne, eine Stufe, innerhalb des „ewigen Lebens"! Der materielle Teil unseres individuellen Lebens ist also lange vor unserer Geburt angelegt und endet nie, das ist eigentlich das Dasein unserer Materie. Was wir unter Leben verstehen, ist das Wirken, es ist lediglich so etwas, wie das Schwingen einer Gitarrensaite: die Saite ist vorhanden (als Materie, als Körper) und der Anschläger (Gott, Urknall, Urbewegung, Energie, Seele) ist bereits da.
Unser Leben, unser Lebenslauf, ist genau die Länge, die Intensität des erzeugten Tones. Wenn die Saite nochmals zum Schwingen gebracht wird, dann kann nicht mehr der selbe Ton ertönen, höchstens der gleiche; ein Ton, der dem vorigen Laut ganz gleich ist. Die Saite kann so noch viele Ton-Generationen erzeugen. Im Idealfall, bei unseren hoch entwickelten Musikinstrumenten, wird eine Saite immer gleich klingen; ganz natürlich ist es aber, wenn jeder Ton anders klingt, weil die Saite mal stärker, mal schwächer angeschlagen wird, weil die Saite mal stärker, mal schwächer gespannt ist.

Mal dauert die Schwingung länger, mal ist sie kürzer. So ist das auch mit der Biologie, mit dem Leben. Wird die Lebenssaite nur kurz gezupft, dauert der Lebenslauf der Kreatur nur Tage oder Wochen. Wird die Lebenssaite aber heftig angeschlagen, dann schwingt die Kreatur entsprechend länger.

Bevor aber der erste Ton auf dem Instrument erzeugt wird, hat die Saite schon während der Produktion Töne von sich gegeben. Einen absoluten Anfang für Leben überhaupt wird es nicht gegeben haben, genauso wenig, wie es ganz aufhören wird. Das Universum ist nie entstanden und die Zeit nicht. Unendlichkeit und Ewigkeit sind doch schon selbsterklärend genug. Wir brauchen keinen Schöpfer und keinen Urknall, um einen Anfang zu bekommen, letzteren gab es nie, und es wird auch nie ein Ende geben.

Wenn wir von „Schöpfungsakt" reden, können wir nur einen „Entwicklungsschritt" meinen; ein Bildhauer kann kein Denkmal ohne Stein und Werkzeug kreieren, wenn er sich aber als Schöpfer ansieht, dann kann er nur der Erzeuger seines Werkes sein, weil er etwas verändert hat, weil er eine Entwicklung – vom Felsbrocken zum Denkmal – herbeigeführt hat.

Wir brauchen uns also nicht die Mühe zu machen, das ganze Universum aus einem Zustand einer zeitlosen Zeit eines raumlosen Raumes materielos und energiefrei, urknallartig aus Nichts hervorzaubern zu wollen.

Genau so unlogisch, wie es ist, dass mein toter Körper sich jetzt in ein absolutes Nichts auflöst (also nicht nur von der Erdoberfläche verschwindet, sondern sich sogar gänzlich aus dem Universum entfernt, ohne eine Spur, ohne einen Hauch und ohne ein Stäubchen zu hinterlassen), ist es, dass alle Materie einmal aus einem absoluten Nichts entstanden sein soll. „Nichts" gibt es nicht! Nein, ich behaupte, dass die Gesamtheit aller heute vorhandenen Materie und Energie (wenn sie überhaupt messbar wäre) niemals entstanden ist, sondern einfach ewig ist – also ohne Anfang und ohne Ende.

Man kann mir noch so schlaue Rechnungen vorlegen, ich glaube keinem Menschen, der behauptet, dass das Universum irgendwo aufhört; wenn das nämlich der Fall wäre, dann müssten wir auch den Mittelpunkt, das Zentrum, ermitteln können. Wie soll das aber geschehen, wenn wir keinen Grenzpunkt kennen, wenn wir nicht einmal die Position unserer Mutter Erde (oder gar der Milchstraße) im Koordinatensystem des Weltalls kennen?

Ich könnte nicht einmal den Mittelpunkt des Bodensees bestimmen, wenn ich bei dichtem Nebel keinerlei Fixpunkte, kein Uferstück sehe, selbst wenn sich außer meinem Boot noch andere Boote im Sichtkreis bewegen; ich erkenne nicht einmal, ob sich das andere Gespenst mir nähert, oder ich mich ihm, oder ob sogar beide aufeinanderzuschweben, ich könnte nicht einmal abschätzen, wer von uns die höhere Geschwindigkeit hat.

Es ist also schon in der Ebene, in der zweiten Dimension, schwierig, die Mitte zu bestimmen, wenn überhaupt kein Fixpunkt bekannt ist. Wie soll die Mitte eines Raumes zu ermitteln sein, wenn lediglich lauter Schwebeteilchen sich kreuz und quer darin bewegen? Natürlich zweifle ich nicht an der Möglichkeit, dass man die Abstände, die Geschwindigkeitsverhältnisse und die Bewegungsrichtungen, also die Relationen einiger „Flugobjekte" zueinander berechnen kann, weil die Objekte der Milchstraße sich wohl gleichmäßig wie die einzelnen Moleküle in einer Diskusscheibe miteinander bewegen, wenn es sich um gleichmäßige oder periodische Abläufe handelt, dann sind Bahnberechnungen möglich. Das muss ja richtig gelaufen sein wenn wir erfolgreiche Weltraumflüge realisieren. Keine Frage, die Konstellationen einiger Planeten und Galaxien untereinander sind bereits bekannt, unsere Wissenschaftler haben die Planetenbahnen voll im Griff, aber haben sie auch schon die zentrale Drehachse oder gar den Mittelpunkt gefunden?

Solange mir niemand das Zentrum des vermeintlichen Urknalls bezeichnen kann, zwangsläufig die Mitte des Universums, solange ist mir die biblische Schöpfungsgeschichte – und alle anderen Schöpfungsmythen – einleuchtender als die Urknalltheorie. In der biblischen Schöpfungsgeschichte wird nämlich zugegeben, dass vor der Erschaffung der Welt schon eine Schöpfungsmacht und Material vorhanden war ... und offenbar im Überfluss und grenzenlos! Die Genesis müsste nur endlich für unser modernes Verständnis umgeschrieben werden und Gott aus seiner menschähnlichen Körperlichkeit entlassen werden; stattdessen sollten wir ihm/ihr ruhig ein paar mehr Sinne zugestehen als Sehen, Hören, Schmecken, Riechen und Fühlen. Die Urknalltheoretiker wollen aber – jedenfalls nach allen Beiträgen, die ich dazu bisher verfolgen konnte – Grenzen setzen. Sie wollen beweisen, dass eine Hornisse einen ganzen Elefanten – mit Haut und Haaren – verschlucken kann; klar, wenn sie die Eigenschaft eines Luftballons annimmt, ist das theoretisch möglich, aber was ist, wenn der Elefant sich im selben Maße aufbläht? Da hört der Spaß für mich auf, Unendlichkeit und Ewigkeit sind einfach (das ist doch sich selbst beschreibend genug) UNBEGRENZT und formlos! So unförmig, wie diese beiden sind, nehme ich sie unter meinen persönlichen Schutz, förmlich in meine Obhut.

Ich lass' nicht zu, dass sie in ein Korsett gezwängt und ihnen Grenzen gesetzt und sie damit ihrer Existenz beraubt werden! (Eine begrenzte Unendlichkeit ist so sinnvoll wie schwarzes Weiß!) Wenn unser Gehirn dafür auch kein plastisches Vorstellungsvermögen besitzt, wir können sie genau so wenig aus dem Weltall eliminieren wie die Null aus der Mathematik! Von mir aus kann ein Urknall ursächlich für den heutigen Zustand unserer Galaxie – oder des messbaren Universums – sein, dann aber bitte nur als eine Entwicklungsstufe im ewigen Geschehen; falls auch nur ein Stecknadelköpfchen voller Energie vorher den Urknall gebändigt haben sollte, welcher Ur-Urknall hat dieses Stecknadelköpfchen erzeugt, und warum sollte denn alles an einem zentralen Ort und Zeitpunkt aus einem einzigen Urkeim ohne Nährboden entstanden sein? Plankton entwickelt sich im weiten Meer doch auch an vielen verschiedenen Stellen ...

Vielleicht passen die biblische Schöpfungsgeschichte und die Urknalltheorie ja sogar zusammen; vor dem Urknall war Gott weiblich, denn nur ein weibliches Wesen kann gebären … aber das sind so Hirngespinste aus meiner Jugendzeit, die will ich hier jetzt nicht weiter verfolgen. – Das musste ich doch mal los werden, nun aber wieder zurück zu meiner Geschichte:

DER LEBENSLAUF

Mein Leben muss schon angelegt gewesen sein, bevor der erste Sonnenstrahl günstig zusammen liegende Atome kitzelte, damit diese ein Molekül bildeten, und weitere Sonnenstrahlen weitere Moleküle zur innigen Vereinigung, zu Zellen, anfeuerten, und diese wiederum durch glückliches – oder nicht glückliches? – Zusammentreffen von Sonnenenergie und Wasser, Organismen, Arten und Populationen hervorbrachten. Vielleicht, von hier, dem ewigen Himmelreich aus, ist es mir möglich, sogar bis zum Ursprung vor- (bzw. zurück-)zustoßen.

Gott gibt mir Folgendes ein: Es gab eine Zeit, da gab es weder Zeit noch Raum, nur das Nichts war. Dem Nichts war aber so langweilig, dass es sich Zeit und Raum schuf. Aber das war noch reine Statik, auch langweilig. So kam das Nichts auf die glorreiche Idee, Zeit und Raum auf einander loszuhetzen.

Dabei zauberte Zeit die Energie und Raum die Materie, und schon fing die ewige Rangelei an; da kam Leben in die Bude; die Rauferei bereitete solch einen Spaß, dass fortan alles Sein ewiges Daseinsrecht forderte und das Recht, ewig zu spielen, zu rangeln, sich zusammenzuraufen. Da trat Gott (oder irgendeine göttliche Macht) auf die Bühne und donnerte: „Es sollen die Unendlichkeit und die Ewigkeit nie enden, und sie haben nie begonnen, sind ewig, ewig, unvergänglich, unerschöpflich, unschöpfbar ... ich aber will nun die Schöpfung sein!"

Aber wo kam der denn plötzlich her? Gab es vor dem Nichts die Schöpfung, oder kam die Schöpfung aus dem Nichts? Welch eine Logik! Zeitlose Zeit? „Vor der Schöpfung war der Urknall, der wurde von einer Göttin namens Nichts geboren, sie gab dem Urknall den Namen Gott! ... Nein, solche Phantastereien will ich nicht weiter verfolgen!

Die einfachste Lösung: Es gab keine Schöpfung! Zumindest keine aus dem Nichts heraus. Der Urknall – wenn der Schuld an meinem Leben sein sollte – oder eine Schöpfungsmacht (egal welcher Gott, welche Göttin) kann sein/ihr Werk nur aus dem bereits vorhandenen Material gezimmert haben. Zeit und Raum, Materie und Energie sind also ewig.(wie im vorigen Kapitel beschrieben). Das ist das Universum, und in diesem Universum findet das ewige Zusammenraufen, das ewige Verschmelzen und Trennen, ein unendliches Gerangel statt. Mithin war auch das allgemeine, das kosmische Leben schon ewig und wird ewig bestehen. Nur die Lebensformen können variieren, anorganisches Leben, organisches Leben, lange isoliertes Leben, kurzes gesellschaftliches Leben, symbiotisches Leben, biologisches … kurzum: Der ganze Kosmos lebt … das reicht!

Jedes Leben ist eine Funktion der Ewigkeit, ist das ewige Hin und Her der Kräfte (Materie und Energie, Dynamik), Leben ist immer und überall. Aber so, wie die Ewigkeit Zeiten, Zeitabschnitte, Jahrhunderte, Stunden und Millisekunden beherbergt, so bringt auch das allgemeine ewige, bewegliche Leben Lebensläufe hervor. Wenn der Mensch (wenn der Baum, der Wal, die Heuschrecke oder Raupe reden könnten, diese natürlich auch) von seinem Leben spricht, dann meint er seinen Lebenslauf, seine Wirkzeit, Spielzeit von der Geburt (vielleicht einschließlich Metamorphose) bis zum Tod. Die Geburt fängt aber lange vor der Geburt – die wir beobachten können – an, und das Sterben beginnt bei der Geburt und endet mit dem Tod. Leben ist also auch schon Sterben, wer nicht sterben will, muss auch seine Geburt verweigern.

Überhaupt neigen wir Menschen dazu, uns gerne statisch zu sehen; dabei sind wir doch Ereignisse, Abläufe, Theaterrollen. Stell dir vor, du bekommst die Rolle des Beleuchters beim Theater und würdest die ganze Zeit nur immer einen roten Lichtkegel auf die Bühne werfen, ewig rot leuchten, rot leben; das wäre stinklangweilig und würde nach und nach den Saal leeren. –

Also, dieses Wabern im Universum, dieses Gerangel dort führte wohl dazu, dass Atome (wenn sich nicht erst noch kleinere Einheiten zu Atomen zusammenraufen mussten) Gefallen aneinander fanden und sich zu Molekülen zusammentaten, diese weiter zu Zellen, zu Zellhaufen und schließlich zu Körpern und Gesellschaften. Und wenn Zellhaufen sich lieben und ewige Treue schwören, dann erzeugen sie Gene, genial! Und irgendwann, im Verlaufe von vielen Millionen Jahren des ewigen Teilens und Verschmelzens, im Staffellauf der Gene, bin ich entstanden … und nun wieder am Vergehen …

Wie eine Gitarrensaite angeschlagen (oder gezupft) wird und dann geräuschvoll schwingt, weil die inneren Atome und Moleküle sich nicht trennen mögen und mit den Luftmolekülen um die Plätze streiten, wie diese dann schließlich müde werden und immer leiser wimmernd bis zur vollkommenen Ruhe in ihre Ausgangspositionen, die Ruhelage zurückschwingen, was den Lebenslauf eines Tones ausmacht, so ist das mit unserem Leben(-slauf) von der Geburt bis zum Tod.

Statt der Gitarrensaite, Klaviersaite, Lautensaite … können wir auch eine Bahnreise zum Vergleich wählen: Die Reise von A nach B sei der Lebenslauf; bevor der/die Reisende an der Station A den Zug besteigt (Geburt, Beginn des irdischen Lebenslaufs) muss sie/er zum Bahnhof gehen und eine Fahrkarte kaufen (das seien die Vorfahren, die sind Voraussetzung für die Geburt überhaupt). Am Ziel angekommen, wirfst du den Fahrschein fort (gibst die Löffel ab, das ist das Ende deines irdischen Lebenslaufs, die Trennung von Körper, Geist und Seele, der Tod), dann hüpfst du aus dem Wagen und schlenderst in die große lebendige Stadt (Verbrennung oder Begräbnis, Verwesung, Staub zu Staub, Staub in Baumwurzel, dann in Blütenpollen, danach in einen Apfel, von dort in ein Krokodil … und so fort). Da hat also, in Fortführung des universalen Geschlechterkampfes zwischen Materie und Energie, in der quirligen Reisetätigkeit der Elektronen, in ihrem Hüpfspiel von Atom zu Atom, wodurch Moleküle, Zellen und Leiber entstanden sind, irgendwann auch das Leben (haben die Lebensläufe) meiner Eltern, Großeltern, Ur-Ur-Eltern begonnen.

Und weil die Rangelei so schön ansteckend und allgemein beliebt ist, beliebte es auch meinen Eltern – ob Trieb, ob Wille – sich zusammenzuraufen (sich vielleicht sogar in Liebe zu vereinen, zu verschmelzen). Weil sie aber einsehen mussten, dass eine Verschmelzerei von zwei Menschen nicht gänzlich möglich ist, dass aus diesen beiden Individuen nicht direkt eines werden kann – wie beispielsweise Mehl, Butter und Milch zu Kuchen – bot Mama (wie seinerzeit im Paradies Eva dem Adam den Apfel hinhielt) dem Vater ein Ei, und Vater schoss (mit paradiesischer Wut, Lust) ein Spermium darauf. Wie ein Meteorit in den Erdball knallt, knallte das Spermium in meiner Mutters Ei ein. Da nahm die Rangelei dann ihren Fortgang, bis ich meinen ersten Schrei tat. Und nun, wo ich mich tapfer durch das Leben gerangelt habe, (wo ich sehr gerne noch verweilt, gerangelt hätte) wo ein verdammter Blitz meinen Herzschlag bremste, wie eine Faust die schwingende Gitarrensaite zum Stehen bringt, muss ich zusehen, wie sich die Aasfresser um mein Fleisch rangeln.

Aber bevor mein Körper ganz zerfallen, verwest, verfault sein wird, habe ich noch genügend Zeit, immateriell, unkörperlich, allein Kraft meines Geistes, aus dem Jenseits mitzuteilen, was ich als Lebender nicht gekonnt (teilweise auch nicht gewagt) hätte:

DIE SPIEGELHALLE

Während mein Leib – viel zu früh aus dem Leben gerissen – sich da unten, im muffigen Dunkel an seine Verwesung machte, während meine Seele Unterschlupf in einem Esel gefunden hat, da geisterte mein Geist, also mein restliches Ich, in himmlischen Sphären auf der Suche nach Gott, nach himmlischen Aufgaben, nach himmlischen Vergnügungen, nach seliger Ewigkeit.
Weil ich aber Gott nicht sehen, nicht riechen, nicht fühlen, nicht hören geschweige denn schmecken konnte, da ich aber an seine Existenz glaube, fürchtete ich, dass ich ihm vielleicht einfach vorausgeeilt war.
Ich schaute noch mal zurück, suchte ihn in der Wüste Yazd beim Propheten Zarathustra, rief Shiva selbst in Indien, Marduk in Babylon und Allah in Mekka an, im Glauben, dass Gott (alias Jahwe, Allah) vielleicht bei seinen Kollegen der anderen Fraktionen weilen könnte. Vergebens. Bei Buddha und Baal hatte ich ihn von vornherein nicht vermutet. Ich versuchte es noch bei Zeus, bei Wotan, Odin und bei Manitu.
Als der Gesuchte dort nicht aufzutreiben war, sagte ich mir: „Glaube, glaube einfach, der, die, das Allmächtige wird sich dir noch offenbaren, zeigen, von sich hören lassen, zumindest dich spüren lassen, dass er, sie, es dich nicht verlassen hat."
Ich geisterte mutig weiter und siehe da, ich kam in eine riesige Halle, in einen Dom, in ein unendliches Spiegelgewölbe. Hier bin ich jetzt, von hier aus berichte ich nun: Millionen, Milliarden Spiegel säumen die Wände, den Boden, die Decke. Die Spiegel sind verschieden groß, haben unterschiedliche Formen und zeigen unendlich viele Motive. Und wie im richtigen Leben bewegen sich die Spiegelbilder. Wenn ich nicht genau wüsste, dass es im Himmel keine Fernseher gibt, würde ich mich fühlen wie in einem riesigen Kaufhaus, wo in der Elektroabteilung hundert Spielfilme gleichzeitig über die Mattscheiben flimmern.

Aber hier sind es nicht hundert, hier sind es Millionen, unzählig viele.
Es gibt da einige, da könnte man fast den Eindruck haben, dass es sich nur um ein Stillleben, ein Bild handelt. Zum Beispiel gefällt mir ein Rechteck, da schwankt nur ein grüner Grashalm vor blauem Hintergrund ständig kaum merklich von links nach rechts, von rechts nach links, sodass ich auch den Eindruck haben könnte, dass ich selber, leicht schwankend, ein einfaches Bildchen betrachte.

Da erscheint aber plötzlich – von rechts oben kommend – eine Zunge (ich denke, es ist die sich nach links unten schlängelnde Zunge irgendeines Wiederkäuers) – der Halm ist weg. Im Rahmen daneben hüpft munter und lebensfroh ein süßes keckes Lamm, plötzlich taucht die Schnauze eines Wolfs auf, dann ein ganzer Rudel Wölfe, im Bilde ein zappelndes Wollknäuel, aus! Darüber, ganz ähnlich, das Schicksal einer weißen Gans. Statt grimmiger Wolfschnauze ein listiges Fuchsgesicht ...

Neugierig lenke ich meine Aufmerksamkeit von links nach rechts, von oben nach unten, von schräg nach gerade, was vernehme ich, was erkenne ich? Jeder Spiegel enthält, nein, zeigt, ein Schicksal, einen Lebenslauf.

Es schießt mir durch meinen nicht mehr vorhandenen Kopf: „Das ist also das Himmelreich, das ewige Leben, nichts geht verloren. Jedes Ereignis dieser Welt – ja, sogar jedes Schicksal überhaupt, jeder Lebenslauf im Universum – findet hier seinen Platz, dies ist der Ort, wo die Eindrücke allen Geschehens gehortet werden. Hier wird auch mein Spiegel sein, denn ich war stets fromm und gut."

Nun bekomme ich sie, die himmlischen, die seligmachenden Gefühle; das ist also Gottes Himmelreich. Gut, dass ich gut war auf Erden, nun werde ich am ewigen Leben teilnehmen. Ich bin eine einzige Freude, ein Lachen und pures Glücksempfinden, leicht, gelöst und unbeschwert. Ich sehe meine Aufgabe nun darin, dass ich diese Schicksale studiere und daraus lerne.

Da der Geist keinen Körper besitzt und somit keine Nahrung braucht, weil in der Dauerbaustelle Körper nicht mehr ständig Zellen rausgeklopft werden, weil die dadurch entstandenen Löcher im Gewebe nicht mehr gestopft werden müssen – was nur mit Sauerstoffzufuhr und Nahrungsgabe geschehen kann – deswegen sollte meine künftige Nahrung Wissen sein, ich will mich nähren am Wissen der Verstorbenen … Ich interessiere mich aber nicht für das Schicksal des Planeten Alpha, den es ja bekanntlich nicht mehr gibt (übrigens ein ganz trauriges Schicksal, hoffentlich passiert das nicht mit unserem blauen Planeten auch; wenn ich an den Raubbau an der Natur denke, an die Machtgier und Geldgier allerorten (wie es in dem Roman „Pamjias Schicksal" beschrieben ist)) …. Ich interessiere mich auch nicht für die Lebensläufe der Flüsse, Seen, Berge, und auch nicht für die Trilliarden Pflanzen und Tiere, nein, allein die Menschenschicksale sind für mich interessant. So könnte ich mich vielleicht noch in den Kreis meiner Ahnen zurück schleichen und auf meine Nachfolger, meine Abkömmlinge, warten.

Aber meine Vorfahren waren wohl unbedeutend, jedenfalls drängeln sich mir, auf der Suche nach meinen Ursprüngen, ständig so genannte Berühmtheiten, Dichter, Denker, Kriegshelden, Erfindergeister, Genies, Entdecker, Maler und Bildhauer, Fürstinnen und Kaiser, Königinnen und Päpste, Pharaonen und Pharisäer ins Bild – oder in die Spiegel des Lebens – also die so genannten Unsterblichen.

Aber leider nicht nur die unsterblichen guten Leute, nicht nur Wohltäter der Menschheit, zu meinem größten Bedauern tummeln sich auch die Geister der übelsten Verbrecher, der Diktatoren und Serienmörder, in den Spiegelwänden des ewigen Gedenkens. Wütend bemerke ich – und das können wohl nur Tote merken – dass auch die schlimmsten Lebensfeinde von den Unterdrückten, den Geschändeten und Ausgebeuteten unsterblich gemacht werden.

Da stimmt doch etwas nicht! Ich dachte, für die ist die Hölle (das Verlies und das Vergessen) vorgesehen. Ich rufe euch zu, ich flehe euch an, ihr da unten, ihr, die ihr das Riesenglück habt, noch zu leben, stoßt bitte auch das Tor zur Hölle auf! Fragt Gott, lasst euch von Gott den Schlüssel zum Hades geben! Wenn der Allmächtige sich nicht dazu herablassen will, diesen herauszurücken, dann habt ihr etwas falsch verstanden! Dann ist euer Rechtsempfinden nicht sein Rechtsempfinden, dann ist ihm leider ein Fehler unterlaufen, als er euch – nach seinem Ebenbilde – die Gerechtigkeit eingab!

Natürlich dulde ich es gerne, wenn Michael Haydn neben seinem Bruder Joseph flimmert, dessen Symphonien beruhigten oft mein aufgewühltes Gemüt, wenn Else mich enttäuscht hatte. Auch mag Schiller neben Kleist passen und Sokrates neben Alexander (ich meine den persischen Makedonier); sogar die mächtige Kleopatra kann ich neben der Hildegard von Bingen akzeptieren; aber neben Moses den H...? Nein, dieser Name kommt nicht über meine dahin gewelkten Lippen, auch nicht ersatzweise aus meinem vergeistigten Munde hier, so was Geschmackloses, Satan auf Gottes Schoß setzen, das geht mir zu weit! Da sieht man den Braunen unter einem Gitterfenster am Schreibtisch sitzend, in der Linken einen Pinsel, in der Rechten einen Federhalter; er kann sich offenbar nicht entscheiden, ob er malen oder schreiben will. Da bekommt er in die linke Hand einen Krampf, der setzt sich fort in seinen Kopf und der Kerl schreibt seinen K(r)ampf nieder ...

Da erkennen wir, dass hier eine gespaltene Seele masochistische und gleichzeitig sadistische Pläne hegt. Obwohl offenbar auch jüdisches Blut in den Adern eines Teils seiner Verwandtschaft fließt, oder gerade deshalb, und weil er neidisch auf den Fleiß und die Intelligenz und die wirtschaftlichen und kulturellen Erfolge der jüdischen Mitbürger ist, möchte er sie eliminieren und findet sogar wahnsinnige Mitstreiter, denen er etwas von der angeblichen Erblast, der Schuld der Semiten vorschwindelt.

Als ganz hinterlistig erweist sich auch sein sadistischer Plan, die angehimmelte blonde und blauäugige Menschenrasse – mit wel-

cher er selbst keinerlei Ähnlichkeit hat – ins Verderben zu schicken. Die verblendet er mit der Behauptung, dass sie die Herrenmenschen seien und die Welt zu beherrschen hätten, so kann er sie in einem Weltkrieg verheizen. So eine Bestie kann man doch nicht in das Pantheon befördern; dessen Namen und Konterfei darf doch nicht in Ruhm und ewiges Andenken (Weiterleben) getaucht werden. –
Selbstverständlich darf man geschichtliche Grausamkeiten nicht unter den Tisch kehren, aber den Grausamen, den Bestien ein namentliches Andenken bewahren (sprich: Unsterblichkeit verleihen)? Könnte man nicht einfach sagen: „Da gab es im zwanzigsten Jahrhundert einen Höllenhund, ein ganz perverses Individuum, das war eifersüchtig auf ein ganzes Volk und eine Menschenrasse. In seinem Wahn fand er wahnsinnige Mitstreiter, die den Schwachsinn von der jüdischen Schuld glaubten … der hat einen Weltkrieg angestiftet …?" Mit der Preisgabe von Namen und Konterfei ermutigt man doch potentielle Kriminelle, wenn man denen Ruhm – und damit ein Stückchen ewiges Leben – anbietet. Nie würde ich so einer Kreatur ein Denkmal setzen, sein Bild würde ich nie veröffentlichen, nicht einmal den Namen nennen.
Eine Ausnahme ließe ich nur zu, für kurze Zeit einen Steckbrief, um einen Verbrecher, eine Mörderin der gerechten Strafe zuführen zu können. Aber das wissen nur Tote. Auf diese Weise könntet ihr vielleicht von der Weisheit der Toten lernen. Über meine Leiche kann ich auch verstehen, dass mancher Biedermann dafür eintritt, Erpresser mit ihren eigenen Mitteln zu erpressen …
Ich möchte aber nicht den Eindruck erwecken, dass ich belehren will, nein, ich will nur die Erkenntnisse/Erfahrungen meines Geistes wiedergeben, ich schicke euch jetzt einfach ein paar Beispiele aus der Spiegelhalle:

GEFALLENE MÄDCHEN, GEFALLENE KRIEGER

Wer oder was drängelt sich vor mein Antlitz? Ein Leiterwagen. Auf dem Gefährt Stroh und allerlei mittelalterliche Haushaltsgegenstände. Dazwischen eine uralte, in Grau – oder Sandfarben – gehüllte, grimmig aus grünen Augen dreinschauende Frau. Als der Spiegel merkt, dass ich ihn anvisiere, Rückblende:
Der Film beginnt mit der Geburt eines süßen Mädchens. Man kann die Augenfarbe noch nicht erkennen, auch ist noch nicht sicher, ob das Kind braune, blonde oder schwarze Haare tragen wird. Jedenfalls erzeugt der Klaps auf das Popöchen einen Krächzer aus dem Mündchen des Babys und entlockt der schweißgebadeten Mama ein glückliches Lächeln und treibt leuchtende Sterne in ihre grünen Augen.
Die Hebamme ruft erleichtert den Herrn des Hauses, den Erzeuger des Kindes, offenbar den Angetrauten der Mutter. Dieser scheint nicht so ganz mit dem Geschlecht des Nachwuchses einverstanden zu sein, bewahrt aber Haltung, weil sein Weib in den Wehen nicht gestorben ist; er kann ja hoffen, dass er beim nächsten Versuch – wenn das Kindbett ihm nicht doch noch die Frau entreißt – mehr männliche Keimzellen auf die Reise schickt und ein gesunder Stammhalter das Geschrei seiner großen Schwester übertönen wird.
Der gut gekleidete Herr – übrigens blaue Augen und blonder Bart – nähert seine Lippen der Entbundenen und flüstert ihr etwas zu, was ich wegen der vielen anderen Filme im Saal leider nicht verstehen kann. Aber es scheint etwas Nettes zu sein, denn die Mutter lächelt weiter, ich meine, sie lacht jetzt sogar.
Die Amme legt das Kind an die Brust, nicht an diejenige der jungen Mutter, sondern an die eigene. „Schmatz, schmatz", das ist eine vornehme Familie, wahrscheinlich Adel. Im Zeitraffertempo geht's weiter.

Ein süßer Fratz, vielleicht drei Jahre, oder auch vier; rotblonde Locken bis zum Po, die wehen im Wind um die Wette mit einem farbenfroh geblümten Kleidchen, welches ihr bis zu den Knöcheln reicht. Grünes Schleifchen über dem linken Ohr, grüne Augen, aber barfuß. Dafür ziert ein weißes Schürzchen die Vorderseite ihres Kleides. Sie steht einfach da, im Wind vor einer Wasserpfütze.

Jetzt hebt sie das Kleidchen samt Schürze ein wenig an: „Patsch, patsch", die Füßchen sind nass. In ebenfalls geblümtem Sommerkleid erscheint die brünette, grünäugige Mutter, Zöpfe rahmen ihr sehr schönes Gesicht ein, gertenschlank, mit blondem Knäblein auf dem Arm und zieht das Mädchen fort.

Drei Jahre später: Das rotblonde Mädchen, einige Zentimeter größer, verkloppt einen etwas jüngeren, blonden Knaben. Die – wieder sehr schön gekleidete – Mutter funkt dazwischen, das Mädchen packt eine Stoffpuppe und setzt sich auf ein Stühlchen. (Das könnte aber auch ein kleiner Thron sein, denn da sind so kunstvolle Schnitzereien im Holz, dass dem Kind nur noch eine Krone auf das Köpfchen gesetzt werden müsste, damit es einer Prinzessin gleicht.) Der Knabe rennt – mit einem Holzschwert bewaffnet – aus der Stube.

Ich vermute, dass dieser Film die Lebensgeschichte des Mädchens zeigen soll. Und Recht habe ich. – jetzt sitzt sie, weitere drei oder fünf Jahre auf dem Buckel, fast vierzig Zentimeter größer, superschlank – um nicht zu sagen, dürr – in dunkelblaues Tuch gehüllt, mit weißem Kragen an einem groben Holztisch und zieht sich Buchstabe für Buchstabe ein Buch ins Gemüt. Ob das möglicherweise ein Roman ist oder ein Lehrbuch, ist nicht erkennbar. Ist auch egal, sie schlägt das Buch zu, lüpft – wie damals am Matschteich das knöchellange geblümte Kleidchen – ihre dunkelblaue Robe, schreitet in den Park hinaus und legt sich ins Frühlingsgras unter einen noch in voller Blüte stehenden Apfelbaum, lässt sich beobachten von Blumen und Ameisen. Aber hinterm Zaun, hinterm Busch äugen zwei Augen hervor, nein,

sogar vier. Wie zwei Panther kommen vier Arme und Beine aus der Hecke geschlichen, rechts und links am Apfelbaum vorbei. Ich sehe wie die Unschuldige fortgeschleppt wird von zwei finster dreinblickenden, aber in höllischer Erregung befindlichen Recken. Da hilft kein Zappeln, und der zugehaltene Mund kann nicht schreien. Die wiegenden rotblonden Locken und die weit aufgerissenen, dann wieder heftig zusammengekniffenen und wieder aufgerissenen grünen, erschrockenen Augen der Gefangenen scheinen keinen mäßigenden Einfluss auf die Häscher zu haben. Mir tut es furchtbar Leid, aber ich kann nicht helfen.
Am liebsten würde ich wieder auf die Erde zurück, die Zeit zurückdrehen und dem Fräulein Beistand leisten. Aber hier muss ich das Grausame mit ansehen. Eventuell wird es ja nicht grausam und meine irdische Phantasie haftet noch an mir.
Aber es kommt noch schlimmer, als ich befürchtet habe; die Schurken zerren die Liebreizende in die Büsche, schmeißen sie auf den Rücken, lüpfen ihr Kleid, dass man ihre hübschen – etwas zu schlanken – Beine und Oberschenkel sehen kann und drücken obendrein ihre Füße gut einen halben Meter auseinander. Während ein Ganove für geschlossene Lippen und unbewegliche Arme sorgt, versorgt der andere das wehrlose Ding mit seinen verbrecherischen Genen, danach tauschen sie die Plätze. Fast so schnell wie die Grobiane ins Bild kamen, verschwinden sie aus dem Film. Man sieht nun die Geschändete, tränenreich, bebend und schluchzend, noch auf dem Rücken liegend, ihre in Unordnung befindliche Garderobe ordnen. Aber nach Hause will sie wohl nicht, – so scheint es jedenfalls.
Ich würde jetzt am liebsten ein Messer nehmen und die Gemeinen entmannen, aber die sind nicht mehr im Film, und ich könnte sowieso kein Messer tragen, denn ihr wisst ja, hier spricht nur mein Geist, das was von mir noch übrig geblieben ist, von meiner Dreieinigkeit, meiner Dreifaltigkeit Körper, Seele und Geist.
Der Körper ist der Verwesung zugefallen, die Seele hat sich in einen Esel verkrochen, und allein mein Geist – den ich jetzt, der Ein-

fachheit halber, „Ich" nenne – hat das Himmelreich erklommen und berichtet aus dem Spiegelsaal des Lebens.
Ich finde es nicht gerecht, dass ich am Schicksal nicht mehr drehen kann, das ist schlimm, im Nachhinein können wir nichts Geschehenes mehr ungeschehen machen, wir können ein gestohlenes Huhn den Eigentümern nicht mehr zurückgeben, wenn wir es bereits gegessen haben; wir können die Ohrfeige nicht ungeschehen machen, wenn wir in Rage unserer Schwester eine geschmiert haben.
Und am perversesten sind die Vergewaltiger, die Sexualmörder. Mit der Logik eines Toten könnte ich ein ganz geringes Verständnis für eine Zwangsbefruchtung aufbringen, wenn der Täter hernach sein Opfer aufopfernd beschützen, hegen und pflegen würde, bis die Frucht der einseitig, diktatorisch aufgezwungenen Reproduktionsmaßnahme das Licht der Welt erblickt, aber aus reiner Machtgier einen Menschen benutzen, erniedrigen und danach noch töten? Das ist das schlimmste, das niederträchtigste aller Verbrechen und ich könnte – mit der Weisheit der Toten – jeden Vater verstehen, der dafür die Todesstrafe, jede Mutter, die dafür die Entmannung des Täters fordert.
Als Lebender war ich unverrückbar gegen die Todesstrafe, aber von hier aus, nach dem, was ich eben gesehen habe und das Danach gesehen habe, was ich noch nicht berichtet habe, zweifele ich daran, ob wir christlich, westlich Geprägten tatsächlich allein die Wahrheit gepachtet haben, unsere Moral und unser Rechtsempfinden, unser Unrechtsempfinden und unsere Rechtsprechung sind womöglich nicht besser und nicht schlechter als in anderen Kulturen.
Die Geschichte mit dem Mädchen geht nämlich weiter: Sie wollte wohl erst nicht nach Hause gehen, wohin sollte sie also? Sie sieht keine andere Möglichkeit und schleicht schließlich wie ein begossener Pudel in ihre Kammer und weint die ganze Nacht.
Das Edelfräulein – welches ja jetzt kein Fräulein, zumindest keine Jungfrau mehr ist – nimmt ein Bad, schrubbt und schrubbt und

ekelt sich vor sich und ekelt sich vor Männern. Die folgenden Tage übergibt sie sich des Öfteren und weicht Allem aus. Sie führt ein zurückgezogenes Dasein, was ihre Familie als Entwicklungsphase, als Vorbereitung auf das Erwachsenwerden missdeutet. Aber, trotz ihrer fast täglichen Kotzerei, sie nimmt zu an Gewicht und Körperfülle.

"Du lieber Schwan!", schwant es ihrer Mutter eines Tages, „die ist schwanger!" Es gibt Schelte, Schimpf und Schande.

Da die gute Dirne – in ihrem unverheirateten Zustand – nun angeblich Schande über ihre Familie verbreitet, grämt sie sich zutiefst und lässt sich von den Umtrieben in Haus und Hof, wo sie überall auf Verachtung stößt, ins Wasser treiben.

Wenn sie auch selber in den Teich gesprungen ist, ich meine, die Vergewaltiger haben sie darein getrieben. Mag sein, dass die Arme sich im Geist nicht ausmalen konnte, später einmal die Gene eines Verbrechers an ihre Brust zu legen. Die Gesellschaft tut so was einfach als Suizid ab. Für mich ist das aber Mord!

So einen richtigen Mord zeigt der Nebenspiegel, auch ein Sexualmord! Ich schneide hier gleich den Anfang des Lebenslaufes des Opfers ab, obwohl es sich bei diesem um einen sehr ausgefüllten, freundlichen Verlauf handelt. Aber warum soll ich hier einen ganz normalen Mädchenalltag von der Geburt bis ins zwanzigste Lebensjahr ausführlich beschreiben? Kindergarten, Schule, Abitur, Führerschein, Freunde und Reisen? Zu erwähnen ist lediglich, dass es sich hier um ein Ereignis aus dem zwanzigsten Jahrhundert handelt.

Eine etwa zwanzigigjährige, nicht allzu hübsche, aber recht attraktive junge Frau kommt aus einer Diskothek, setzt sich ans Steuer ihres Autos und macht sich offenbar auf den Heimweg. Vielleicht will sie aber auch zu ihrem Freund, der womöglich aus der Spätschicht kommt – man erkennt das nicht (die Lebensläufe, die Spiegelbilder der Geschehnisse werden im Himmel also doch nicht eindeutig, für den Menschenverstand echt nachvollziehbar wiedergegeben).

Das Auto ist gerade richtig auf Touren, da erscheint am Straßenrand ein – in Fahrtrichtung weisender – Daumen im Lichtkegel des Blechs. Die Fahrzeuglenkerin tritt auf die Bremse und lenkt ihren Wagen an den Straßenrand. Ein kesser, junger Mann mit Bart und Hornbrille steigt freundlich lächelnd ein. Noch bevor der Heimatort erreicht ist, nimmt das Gefährt ziemlich plötzlich einen Feldweg in die Maisfelder. Das Auto wird Tage später in einem Baggersee gefunden, die junge Frau mit zerrissener Strumpfhose im Maisfeld, keine Atmung, dafür aber beinahe geschwängert, die Leibesfrucht würde ohnehin nicht weiter wachsen.
Da bleibt einem doch die Spucke weg! Ich fürchte, das liegt nicht nur an den männlichen Genen alleine, da spielen Erziehung und Moral mit. Hätte der junge Schurke vorher seinem Drang bei einer Prostituierten – bei einem gefallenen Mädchen – nachgeben können, könnte diese beinahe als Lebensretterin bezeichnet werden … wenn auch nur indirekt, durch vorzeitiges Öffnen des Überdruckventils beim Lüstling. Ich schäme mich für das männliche Geschlecht.

Trotzdem schaue ich mir den nächsten Film an, wieder ein Frauenschicksal: Das muss so zwischen 1890 und 1914, gewesen sein, der Kleidung nach (eher nicht im Ersten Weltkrieg, oder danach). Ich überspringe die Zeugung, die Geburt und die ganze Zeit bis zur Konfirmation. Also war das Mädel wohl evangelisch; die Einsegnungsfeier nehmen wir mit, aber erst nach dem Kirchgang, zu Hause:
Die Familie kann sich offenbar keinen Wirtshaussaal leisten. Möglicherweise waren aber andere Familien schneller beim Belegen der geeigneten Räumlichkeiten, oder die angebotenen Festhallen entsprachen nicht dem Geschmack des Familienoberhauptes (oder seiner Frau). Das macht aber gar nichts, mir drängt sich der Verdacht auf, dass die letzte Vermutung zutrifft. Das eigene, hübsch dekorierte, Wohnzimmer misst in der Länge mindestens 6,80 Meter und in der Breite wohl 6,40 Meter. Eine

wunderschöne Stuckdecke hängt etwa 3,50 Meter über dem Boden. Daran baumeln zwei hell leuchtende Kronleuchter die, von der Decke bis zu den unteren (wie gläserne Speerspitzen wirkenden) Abschlüssen, ungefähr 1,50 Meter messen. Sie pendeln ganz leicht im Windzug der beiden reich verzierten, 2,50 Meter hohen, eichenen, zweiflügligen Prunktüren. Die Leute haben also schon Strom gehabt! Die stabilen Befestigungen der Kronleuchter münden deckenseitig in gelbe Rosetten, die Haken sind in umgestülpten Goldglocken (oder doch Messing?) versteckt.

Das reichliche Glasgehänge besteht aus mehreren ringartig angeordneten Träubchen und geschliffenen Kugeln oder Tropfen, Rauten, Herzen oder Lindenblättern und Tannenzapfen. Daraus schließe ich, dass an der Beleuchtung die vier Jahreszeiten hängen (Die Rauten für die Frühlingsfelder, die Wassertropfen für den Sommerregen, die Trauben für den Herbst, die Tannenzapfen für den Winter).

Aber das ist nur meine Vermutung, Sie, Ihr, meine LeserInnen HörerInnen, Himmels- und BotschaftsempfängerInnen können sich, könnt Euch daraus einen eigenen Reim machen, ist für das gerade laufende Mädchenschicksal bestimmt nicht wichtig – oder nur ganz am Rande, so als Rahmen.

Die Deckenbemalung erinnert an einen Himmel, der Stuck stellt bunte Fabelwesen dar. Damit halte ich mich jetzt nicht auf, denn wir wollen ja die Konfirmandin sehen. Die steht abseits der Tafel, Zöpfe und schwarze – warum nicht weiße? – Schleifchen tragend, knöchellanges schwarzes Samtkleid verhindert den Blick auf einen schon reifen Busen, welcher über einer Wespentaille weilt. Der Hals steckt in einer weißen Leinenkrause (Gott sei Dank ist wenigstens diese nicht schwarz).

Die hellblauen Augen leuchten beiderseits eines hübschen – ein wenig hakenartig, aber wirklich nur andeutungsweise gekrümmten – blassen Näschens. Die Haarfarbe ist übrigens strohblond. Die Eingesegnete steht, die Füße sehe ich leider nicht, auf einem Eicheparkettboden vor einem der drei, ich würde sagen, Barockfenster. Ein, schon etwas älterer, eleganter,Gehrock befrackter Herr, welcher, links seitlich vor ihr stehend, gerade mit seiner linken Hand den Zylinder lupft, zeigt ihr seine grau-lichte Lockenpracht, unter welcher sich ein etwas kantiges Gesicht mit braunen Augen und grauem Bärtchen (das Heubüschel kann ich nicht als Bart bezeichnen) nicht recht entscheiden kann, ob es vom spärlichen Fensterlicht, oder von den Lüstern beschienen werden will.

Es hat den Anschein, dass der Baron – ich bin mir nun sicher, dass wir es hier mit einer Adelsfamilie zu tun haben – sich von seiner Enkeltochter ein Liedchen aus dem Gesangbuch, welches diese seit dem Kirchgang nicht aus den Händen gelegt hatte, vorsingen – oder nur vorlesen – lassen will. Denn beide, die fromme potentielle Nacherbin und der Großvater, schauen angestrengt, mit vornüber geneigten Köpfen, in das aufgeschlagene Papier. Jetzt legt der Alte dem Mädchen sogar die rechte Hand – mit gespreizten Fingern! – zwischen die Schulterblätter; die Finger finden zusammen, während die Hand langsam immer tiefer rutscht, über die Wespentaille bis gefährlich nah an das Gesäß.

Ich bekomm' es schon mit der Angst zu tun. Aber bevor die suchende Opaklaue der Enkelin Steiß erreicht, wird zu Tisch gebeten. Wir wissen ja, dass wir uns in einer besseren Familie befinden, offensichtlich in einem Gutshaus oder Schloss. Wie es da drin aussieht, weiß ja jeder; deswegen erspar ich mir die weitere Beschreibung der Räumlichkeiten und des Inventars. (Obwohl ich hier ins Schwärmen kommen könnte: die Gemälde, die Gesimse, die Ornamente, die Blumen und das Tafelgeschirr, der ovale Tisch – für 18 Personen – die gepolsterten Lehnstühle, Brokat und Seide, Gold oder Messing und Silber und geschliffenes Glas in Hülle und Fülle ...)

Erwähnenswert ist nur das reich bemusterte Chaiselongue und der Flügel im linken hinteren Teil des Saales, gegenüber dem dritten Fenster. Nicht die Beschreibung der Gegenstände ist wichtig, sondern, dass der Alte später – nachdem die Tafel aufgehoben wird – sich auf dem Chaiselongue räkelt und mit sehnsuchtsvollem Blick die – während des Klavierspiels, bei der Pedalbedienung sichtbaren Waden und Fesseln der Musikerin, der Enkelin, anstiert. Er ist so gefesselt von den Fesseln der Konfirmandin, dass er an keiner Unterhaltung – man flüstert allerdings nur – teilnimmt.

Er schaut sich nicht einmal die dargebotenen Schwarzweiß-Fotos an. Sein Interesse gilt während der ganzen Zeit zwischen Mittag und Vesper nur den Extremitäten der Jungfrau am Flügel. Diese wiederum, nachdem die Feier beendet ist und die (hauptsächlich schwarz und weiß gewandeten) Gäste in ihre Droschken steigen, geht eine Woche später auf das Landgut des Opas als Mamsell-Lehrling.

Hier erfahren wir erst, dass der Herr gar nicht der Opa ist, sondern Baron von Fricksel, Witwer, und die Konfirmierte heißt Else (sofort muss ich an meine nun verwitwete geliebte Else denken). Dem Lehrmädchen wird in einem Seitenflügel des Fricksel'schen Schlosses ein Bett und Schrankanteil zugewiesen in einer Kammer, welche sie mit zwei weiteren Dienstmädchen zu teilen hat.

Die beiden Mitbewohnerinnen heißen Erna und Lina. Erna ist etwa neunzehn Jahre alt, gelernte Schneiderin, Lina ist sechzehn und Stubenmädchen. Nicht weit vom Schloß, hinter einem sanften Hügel, sieht man den Kniestock des Gesindehauses. Gegenüber hämmert der Schmied, sägt der hofeigene Wagner, schustert der Sattler und buttert der Meier. Lärm und diverse Gerüche von dort her ziehen – je nach Witterung – in die Felder dahinter, oder sie kommen (ganz selten) durchs Fenster ins Dreimädelzimmer gekrochen.

Aber nicht nur Schall und Rauch kennen den Weg zu den Damen, sogar der Kutscher und der Gärtner – und nicht nur diese: siebzehn Bedienstete im Alter von vierzehn bis vierzig Jahren Wissen, an welches Fenster sie zu klopfen haben, wenn Erna ausgeführt werden möchte. Wenn die Schneiderin einem oder auch zwei Kollegen den Arm bietet, um zu Fuß die vier Kilometer zu Schneiders (der Name ist Zufall) Tanzsaal hinter sich zu bringen, um hernach, auf dem Heimweg, mit müde getanzten Beinen und ihrem Begleiter Schutz im Gebüsch zu suchen, dann fühlen sich die beiden Zurückgebliebenen einsam.

Es kommt, wie es kommen muss: nachdem auch Lina mit Gesinde Ausflüge – egal, ob zum Tanzen, Pilze suchen oder zum Strandbummel – unternimmt, unternimmt das Küken Else nichts. Sie fühlt sich aber noch einsamer als in Gemeinschaft mit dem Zimmermädchen, wenn beide Stubenteilhaberinnen Stunden lang weg sind, um womöglich dem einen oder anderen Gutsarbeiter wertvolle Kräfte zu rauben.

Aber die Kerle sind meist ziemlich rüstig, kräftige Landjungs, verkraften die Tanzerlebnisse – oder die anschließende Ruhe im Gebüsch – ganz gut, so dass sie am folgenden Tag wieder voll ihren Mann stehen können. Alle siebzehn Männer sind natürlich nicht immer mit Erna und Lina auf Achse.

Einer der Daheimbleibenden kommt eines Tages auf die Idee, Else während Linas und Ernas Abwesenheit das Angebot zu unterbreiten, die leeren Plätze in ihrer Stube durch seine Gesellschaft erträglich zu machen. Der junge Gärtner, dreiundzwanzig Jahre, hat gute Manieren, aber Else verzichtet freundlich dankend. Etwa ein halbes Jahr mit Blumen und Kränzchen überhäuft, gestattet sie dem Verehrer endlich doch einen Besuch, nachdem sie genau weiß, dass sie sonst wieder die nächsten fünf bis sieben Stunden den Duft ihrer Kammer alleine atmen müsse. Emil, so heißt der Gärtner, klopft ans Fenster, als Erna und Lina gerade mal zehn Minuten aus dem Hause sind. Sauber gescheitelt, die rissigen Hände fein geschrubbt, übergibt er mit recht artigen Worten der Wohnungsbesitzerin einen bunten Blumenstrauß. Er redet auf sie ein und versucht bald, ihre Hände zu streicheln. Aber das Mädel rückt eine halbe Körperbreite nach rechts, duldet keinerlei Berührungen, ist aber umso neugieriger auf des Verehrers Nachrichten, Beteuerungen, Berichte.

Auch wenn Emil sich über vier Stunden vergeblich bemüht, sie bleibt zurückhaltend. Sie ist ein anständiges Mädchen, aber Emil will's wissen. Der junge Mann gibt nicht auf, er kommt noch mehr als drei Monate mit Blumen und Kränzen, leider immer, ohne den erwünschen Erfolg zu erzielen. Von irgendwem muss er schon wissen, dass „steter Tropfen den Stein höhlt". Er bleibt so hartnäckig wie sie.

Es wird Frühling. So ganz allmählich erwachen nun doch auch in Else linde Frühlingsgefühle.

Mit jedem Besuch kommt Emil seinem Ziel einen Schritt näher, erst darf er ihre Hände streicheln, bald das Gesicht, die blonden Haare ... und kurz vor dem Wonnemonat Mai landet seine Hand ungestraft dort, wo seinerzeit – an der Konfirmation – der vermeintliche Opa nicht mehr hingekommen ist.

Tuchfühlung ist schon geraume Zeit erlaubt, sogar erwünscht, der erste Kuss wird Mitte April geduldet, der zweite am nächsten Tag sogar erwidert. Der Mai kommt, in den Bäumen steigen schon längst die Säfte, da reicht dem Gärtner auch nicht mehr der Gerstensaft aus der gutseigenen Brauerei. Else scheint Mitgefühl zu entwickeln, als der Verliebte sie – am Boden kniend, die Hände anbetend erhoben – bekniet und Liebe und Treue und Ehe verspricht.

Ein schöner Maitag lockt das Pärchen an einem arbeitsfreien Tag hinter das Treibhaus hinter die Gärtnerei. Da bestäuben fleißig die Bienen die Blumen, das junge Glück macht sich nach zwei Stunden wieder aus dem Staub. Er ist sehr erleichtert, sie die längste Zeit Jungfrau gewesen. In der Hoffnung auf baldige Heirat – und auch, weil es ihr selber Spaß macht – lässt die angehende Mamsell dem berufserfahrenen Gärtner künftighin bereitwillig seinen Willen, außer an gewissen Tagen.

Das geht fast ein Jahr gut, dann bleiben die gewissen Tage aus, und Else will endlich heiraten, Emil endlich zum Militär. Obwohl Emil bald weit weg ist, spürt Else, dass sie nicht mehr so ganz alleine ist. Sie kann sich niemandem anvertrauen, hat aber großes

Vertrauen zu ihrem Chef. Diesem beichtet sie im vierten Monat ihren Zustand, den man ja – komischerweise – Umstand nennt. Bald kommt ein Brief von Elses Eltern, worin geschrieben steht, sie müsse schnellstens heiraten. Die Schande, welche sie über ihre Familie gebracht – und welche auch für den Baron beschämend sei – könne nur durch schnellstmögliche Verehelichung, wenn nicht getilgt, so aber doch auf ein erträgliches Maß herabgemildert werden.

Ich versteh' die Welt nicht mehr! Einerseits sind Kinder unsere Zukunftsversicherung, unser freudig erwartetes „höchstes Glück auf Erden"; man spricht bei vielen Frauen sogar von „freudiger Erwartung", wenn sich eine Schwangerschaft anzeigt, andererseits sollen Kinder eine Schande sein? Ich möchte Elses Eltern verprügeln. Anstatt sich auf den Nachwuchs zu freuen, schämen die sich! „Ihr schämt Euch zurecht, aber nicht wegen Else, sondern wegen Eurer perversen Einstellung zu eurem Enkel!"

Nun müssen wir uns ansehen, wie die arme Schwangere – überhaupt nicht in freudiger Erwartung – aber doch in anderen Umständen, zutiefst beschämt, einen Freier sucht. Ihre Eltern helfen eifrig dabei mit, aber es findet sich kein seriöser Mann, der „so Eine" – eine Gefallene – an den Traualtar begleiten möchte.

Die werdende Mutter glaubt am Ende selbst an ihre Schande und fügt sich ins Schicksal. Ihre Eltern und der von Fricksel haben sich, nach langem Hin und Her, darauf verständigt, dass Else baldigst, versehen mit einem adligen Nachnamen und Ehering, in des Arbeitgebers Schlafzimmer ziehen soll. Der Witwer hat ja schließlich seine Aufsichtspflicht verletzt und muss/darf der Schutzbefohlenen Genugtuung verschaffen – und damit sich selber auch, denn endlich kann er da fortfahren, wo die Konfirmationssuppe ihm die Suppe versalzen hatte.

Nun kann seine rechte Hand ihren seinerzeit eingeschlagenen Weg fortsetzen, auch wenn die Wespentaille keiner Wespe mehr ähnelt. Emils Kind will aber den alten Stiefvater nicht als Vater anerkennen, verzichtet auch gerne auf den Adelstitel (Blut ist dicker als Wasser), sehnt sich nach seinem fernen leiblichen Vater; dieser fällt gerade einem Feind (also doch Erster Weltkrieg) vor die Flinte – ist sofort mausetot und heldenhaft gefallen. Was macht der Fötus? Er überredet Else dazu, ihrem Verführer nach Walhalla zu folgen. Sie verirrt sich aber und landet auf dem Kirchhof nahe ihres Elternhauses.

Ihre Eltern haben jetzt keine adlige Tochter mehr, können aber wählen, ob sie am Grab für ihr Schande verbreitendes Kind oder den unerwarteten Enkel beten wollen. Die Moral von der Geschicht': „Ist das Kind ehelich, freue dich. Ist das Kind nur Frucht der Liebe, folg' dem Selbstmordtriebe!" SO EIN SCHWACHSINN! Tausend Ausrufezeichen!

Von wegen gefallene Mädchen: die beiden Ermordeten sind nicht gefallen, sie wurden geschubst, niedergeworfen, gedemütigt. Auch Else hatte es ehrlich gemeint, sie ist moralisch in eine Zwickmühle getrieben worden, sie ist Heuchlern in ein heuchlerisches Konzept geraten und deswegen gefallen! –

Aber nun zur Prostituierten, zur Nutte, das ist ein gefallenes Mädchen, auch ein leichtes Mädchen; die gefällt mir, weil sie den Jungs nicht allein die Geldbörsen erleichtert, sondern diesen Burschen auch den Drang nimmt, ein unwilliges, gar fremdes Mädchen zu bedrängen. Deshalb sollte man den Frauen des horizontalen Gewerbes Hochachtung entgegenbringen.

Selbst Flittchen, welche aus reiner Lust der Knaben Lust erfüllen – egal, ob häufig wechselnde Liebhaber, oder ein Rudel Freier gleichzeitig – und dabei noch selber Spaß haben, sind mir lieb und mit Lebensretterinnen (oder Mordverhinderinnen) zu vergleichen. Wenn die so genannten gefallenen Mädchen, nur weil sie vielen Männern gefallen und sich vielen Männern in die Arme fallen lassen, als schlechte Mädchen hingestellt werden, dann werde ich wütend, diese Mädchen sind mutig – in mehrfacher Hinsicht!

Anders verhält es sich mit den mutigen Helden, den gefallenen Soldaten, das sind arme Schweine – wie die geschändeten Mäd-

chen. Hierzu läuft links von der soeben im Mais Gefundenen ein Film. Ich schick ihn zu Euch. Wie vorhin eine Geburt. Diesmal erblickt ein Knabe das Licht der Welt; kaum gewaschen und vermessen, direkt von der Babywaage an die Mutterbrust, nicht etwa an den Busen der Amme. Das scheint keine Adelsfamilie zu sein; aber seine späteren Taten werden die Familie noch adeln.
Schon als der Kerl nach wenigen Tagen der Mutter eine Brust leer getrunken, die andere noch nicht entdeckt, schreit wie der Ochs am Spieß, erkennen wir, dass der einmal ein Held werden wird, heldenhaft für's Vaterland den Tod aufsuchen und dort verweilen, sein Leben verschenken wird, um den Heldendenkmälern ihre Daseinsberechtigung zu geben! (Auch für die Künstler, die die Monumente und Grabeinfassungen produzieren und die Namen der Gefallenen in die Steine meißeln sind tote Helden wertvolle Beschäftigungsmotoren.) Aber ich will nicht vorgreifen, der Heldenspiegel zeigt folgenden Lebenslauf: (Von der Geburt bis zur Milchdemo haben wir ja schon abgehakt.)
Die Anmeldung im Melderegister beim Standesamt bringt dem Kerlchen den Namen Friedhelm ein. Friedhelm, wie friedlich sich das anhört, na, hoffentlich ist Omen = Nomen, nomen est omen!
Dann kann ich mich friedlich zurücklehnen und Friedhelm bis zu einem friedlichen Lebensabend begleiten, eskortiert von einem Himmel voller Geigen! Aber nein! Oh Schneck lass nach! Der Film spult in rasender Eile die Krabbelphase, die Fäkalphase, sogar die Bettnässerphase ab. Das Bübchen kommt aus den Windeln, zieht mit wehenden Fahnen – als Raufbold – in den Kindergarten ein, rauft sich dort mit anderen Knaben, sogar mit Mädchen, und scheint schon zu wissen, dass er sich mit siebenundzwanzig Jahren an der Front die Haare raufen wird.
Ich überspringe die Schulzeit, das erste Liebesabenteuer, das Studium. Bemerkenswert ist nur, dass Friedhelm die Grundschulzeit als Raufbold absolvierte, später aber ein wahrer Musterschüler und fleißiger Student wird. Außer drei ziemlich be-

deutungslosen Mädchengeschichten ist über sein Liebesleben nichts Besonderes zu vermelden, lediglich dass er kurz vor der Einberufung zum Wehrdienst Anna heiratet. Man sagt, wegen der finanziellen Absicherung.

Nun sind wir also beim Militär, noch nicht siebenundzwanzig, sondern gerade fünfundzwanzig geworden. Das Diplom als Brückenbauer, als Architekt liegt beim Stammbuch, im Buffet bei Anna im Wohnzimmer. Der Grundstein für den Stammhalter soll nach der – ganz sicher erfolgreichen – Vaterlandsverteidigung gelegt werden, damit im Buch der Familie der Stammbaum der Heldinnen und Helden (oder nur so) vervollständigt werden oder wenigstens fortgeschrieben werden kann.

Friedhelm konzentriert sich auf seinen Wehrdienst und die Beförderung zum Hauptmann, deswegen kann er sich wenig um seine künftige Familie kümmern, welche – jetzt noch, wenn er in der Kaserne weilt – aus seiner Frau und einem Kanarienvogel besteht. Weil der tapfere Gatte selten zu Hause ist, weil der Kanarienvogel keinen vernünftigen Gesprächsstoff und nur geringe Allgemeinbildung vorweisen kann, führt die Soldatenbraut ihre Gespräche mit einem Liebhaber (der es vorgezogen hat, feige zu sein, damit die Kriegerbräute – falls ihre Helden in die Hände des Heldentodes fallen sollten – nicht ganz ohne Männer dastehen müssen).

Diese Feiglinge sind vielleicht wichtiger als die Helden, weil sie auch in die Bresche springen können, wenn die zurückgeblieben Frauen zur Produktion von Kriegsfutter, Kanonenfutter, aufgefordert werden, zum Gebären von neuen Helden, damit der Nachschub rollt, damit die Kriegsindustrie floriert. Anna lässt sich also vom Liebhaber beglücken, Friedhelm sucht sein Glück auf dem Beförderungsweg. Wenn er zwischendurch mal den Weg in seine Wohnung findet, weiß niemand, dass ein Anderer durch den Hinterausgang über die Terrasse geflüchtet ist. Anna ist dann froh, dass ihr Held den Belagerer vertrieben hat und teilt ihr Lager für zwei Nächte mit ihrem Oberleutnant …

oder schon Hauptmann? Aber wie das ist: wenn der Krieger – um Gottes Willen, ich meine Vaterlandsverteidiger – wieder fort ist, ist ja bekanntlich „Polen offen", und der Zivilist kann friedlich in Zivil einmarschieren. Dafür vergewaltigt der Held des Feindes Weib, macht ihr ein Belagerungskind, damit – falls der Feind fällt – Nachschub zum Bekämpfen da ist.

Seine Frau sorgt also für Nachschub in den eigenen Reihen, er sorgt für Nachschub in Feindesland. (Gerechter Ausgleich!) So kommt es nicht selten vor, dass der Vater im nächsten Krieg vom unbekannten Sohn erschossen wird oder sein eigen Fleisch und Blut massakriert. Das ist überhaupt der Sinn aller Kriege – die Kriegstreiber ernten Ruhm, die Waffenschieber ernten Vermögen und Ansehen, die unbekannten Soldaten ernten Schlachtrufe, Todeskämpfe und das Nachsehen. Wenn sie auf dem Schlachtfeld alle Chancen ausgeschlachtet haben, schlachten/vernichten sie sich gegenseitig. Damit es genügend Nachschub an unberühmten Soldaten gibt, wird den Gefallenen ein Platz auf dem Heldenfriedhof eingeräumt, auf der Ehrentafel wird deren Name dokumentiert. Die Helden erkaufen sich mit ihrem vorzeitigen Tod ein Stückchen Ruhm, ein klein wenig ewiges Leben, die Feiglinge gedenken ihrer in den Armen ihrer Bräute.

Friedhelm, viel Spaß im Heldenacker, (falls man dich vom Schlachtfeld wegtransportieren konnte) ich hab nun Spaß mit deiner Witwe! Aber Krieg muss sein, sonst hätten wir bald keinen Platz mehr für alle Lebenden!

Ich habe Friedhelms Weg verlassen, als er zum Hauptmann befördert wurde. Das war ungefähr im Oktober 1943. Im Dezember 1944 verliert sich seine Spur irgendwo in Sibirien, vielleicht ist er heldenhaft verreckt, vielleicht buddelt er heldenhaft Kohlen aus dem Eis. Ob vermisst, ob gefallen, seine Frau tröstet sich mit Karl und hat bereits ein Kind von Franz. Dieses gilt als ehelich und wird dem fernen Familienoberhaupt – dem Major Friedhelm Sch. – zugeschrieben und bekommt den Nachnamen

Sch., obwohl der wahre Vater, Franz, den Familiennamen N. mit sich herumträgt ...
Falls Friedhelm gefallen sein sollte (oder für tot erklärt wird) und etwas zu vererben hat, steht Franzens Sohn – als ehelicher Sohn des Helden – auf der Schwelle. Schön ist es auf der Welt zu sein, schade, dass ich nicht mehr zurückkehren kann! Deswegen zum nächsten Spiegel: Wer kommt da ins Bild?

NOCH EIN HELD

Wir ersparen uns wieder den Lebenslauf, den Abschnitt von der Geburt bis zum neunzehnten Geburtstag. Kurz vor dem Abitur schenkt sein Vater dem Familienstolz ein Motorrad. Beschwingt von seiner Feier schwingt der Beschenkte sich auf sein neues Fortbewegungsmittel und sucht sich eine Mitfahrerin. Diese wartet schon im nächsten Eiskaffee. Geblendet von dem glänzenden Stahlross übersieht sie die ungepflegten Haare und den schmutzigen Kragen des Lenkers. Für nächsten Sonntag wird eine Spritztour verabredet, bis dahin hat man auch für Ines, so heißt die Schöne, einen Sturzhelm nebst Motorradjacke beschafft.

Bernd, der Kradbesitzer, erst drei Monate im Besitz der Fahrerlaubnis, lenkt das Gefährt behutsam und sicher zum Ausflugsziel, wo man auf Freunde trifft. Die Freundinnen und Freunde finden es super, dass Bernd jetzt auch gehörig Lärm und Auspuffgase in die sonntägliche Ruhe der Landbevölkerung knattern kann. Dadurch gibt es wieder einen freien Platz auf den Radwegen, und die Spazierwege durch Feld und Wald können sich von den zwei Wanderschuhen des Bernd erholen.

Künftig will man sich an allen sonnigen schulfreien und arbeitsfreien Tagen treffen, um die Müßiggänger und ruhebedürftige Tierwelt an der eigenen Freiheit teilhaben zu lassen, welche für die Biker bedeutet: in Sturzhelm und Protektorkleidung zwängen, eingeklemmt zwischen Lenker, Benzintank und Auspuff, die mit Feinstaub belastete Frischluft um die Nase wehen zu lassen, und den teilhabenden, belästigten Tieren und am Wege wohnenden Bürgern die ländliche Frischluft wegzublasen.

Darüber freut sich nicht nur der Fiskus und die Reifenindustrie, sondern auch die Orthopäden und Chirurgen erkennen, dass sie nicht umsonst studiert haben. Manch ein Ausflug landet im Graben oder an einem Baum, an einem Lastwagen oder schlicht auf dem Asphalt. Dabei geht schon einmal ein Bein oder ein Arm drauf, aber es hat Spaß gemacht. Schicksal. Solange es nur Schicksal ist, ist es Schicksal. Aber wenn das Schicksal herausgefordert wird, dann nennt man das Mutprobe. Mutig sind nur Helden. Deswegen lassen sich Helden auf die Probe stellen.

Zwei Jahre geht das mit dieser Freundesgruppe gut, alle Beine bleiben dran und alle Arme, abgesehen von ein paar kleinen Schürfwunden, die Bernd sich zugezogen hatte, als er einmal in einer zu schnell genommenen Kurve die Straße geküsst hatte, ist nichts Schlimmeres passiert. Lediglich die linke Fußraste seiner Maschine und der Rückspiegel wollten beim Unglücksort verbleiben. Der Ersatzteilhändler profitiert davon. Aber jetzt, wo die Maschine wieder hergerichtet ist, Hose und Jacke geflickt sind, wo der Sturz mit nur kleinen Blessuren überstanden ist, fühlt sich Bernd als Held.

Nach zwei Jahren Vernunft, nachdem ein Schicksalswink ihn über heißen Asphalt schlingern ließ, da berauscht er sich am Heldenmut, er geht eine Wette ein – für eine einzige Flasche Wein!, dass er dieselbe Kurve auch mit 80 km/h nimmt. Die Wette gilt, die Tat soll am folgenden Sonntag sein, man lädt noch viele Freunde ein.

Die Freundin warnt, sie fleht den Helden an: „Oh Mann, so wirst du nicht mein Mann! Komm, bleib vernünftig, einmal ging es gut, vergiss den Heldenmut, was hab ich von einem Krüppel, willst du der Vater meiner Kinder werden, bleib' mit beiden Beinen hier auf Erden …" – „Fürwahr, ich liebe aber die Gefahr", erwidert der junge Mann. „Danach bin ich Dein, dann trinken wir den Wein!"

> Nun denn, der Sonntag naht, die Sonne scheint;
> alle Freunde sind am Ort, an der Kurve schon vereint.
> Der Held besteigt seine Maschine, gibt Gas,
> visiert die Kurve an. Er nimmt sie mit 80 km/h, …
> der Krankentransporter ist aber nicht so schnell,

dass der Dumme noch lebend in die Klinik kommt.
Die Freunde brauchen keinen Wein spendieren.
Sie brauchen ihrem Helden auch nicht applaudieren.
Da frage ich mich: „Was unterscheidet den Helden vom Selbstmörder? Der Suizid geschieht aus Feigheit, der Heldentod aus Übermut, beides ist Dummheit, hier die Unfähigkeit, eine Lösung für ein Problem zu finden, da die Unfähigkeit, die wahren Folgen des Handelns zu erkennen.Ja, ja, es ist traurig, es ist schrecklich und grausam, verliert ein junger Mensch sein Leben weil er glaubt, den Helden spielen zu müssen, fast immer spielen Helden ja mit ihrem eigenen Leben.
Aber es gibt auch Helden, die ihr eigenes Leben riskieren, weil sie ein anderes Leben retten wollen, das ist sehr häufig der Fall, wenn sich der Vater für seine Familie opfert, wenn eine Mutter das Leben ihres Kindes höher einschätzt als ihr eigenes. Manche Menschen, wahre Helden, die sich für jedes andere in Todesgefahr befindliche Lebewesen selbst in höchste Lebensgefahr bringen, die jedes andere Leben dem ihren gleichsetzen oder sogar höher einschätzen als ihr eigenes, erscheinen uns allerdings nicht immer ganz vernünftig zu handeln.
So können wir wohl nichts daran bemängeln, wenn ein kleines Mädchen – das sich ihrer eigenen Gefahr gar nicht bewusst ist – in den Tümpel fällt und selbst ertrinkt, wenn sie versucht, einen ins Wasser gefallenen Käfer ans rettende Ufer zu holen, wie das im Spiegel neben dem Motorradraser gerade abläuft.
Ich bin zutiefst erschüttert, ich konnte sie nicht warnen, weil ich mich zu sehr auf den Biker konzentriert habe, aber meine Warnung hätte nichts genützt, da läuft doch ein Mädchenschicksal, welches schon längst – im Universum, als kleiner Wimpernschlag, als ein winziger Augenblick der Ewigkeit – abgehakt ist.
Ich erspare uns den traurigen Rest des Filmbeitrages bis zur Beerdigung; ich muss an dieser Stelle lediglich erwähnen, dass ich mich weigere, dieses tapfere – aber leichtsinnige – Kind als Hel-

din zu betrachten; das ist ein ganz banaler, wenn auch sehr ungerechter Schicksalsschlag. – Ich staune, wie sich die Schicksale ähneln können; unter der Käferretterin ein Ziegenretter:

Wir begegnen ihm – im laufenden Film – als er aus der Schule kommt und sich zu Hause an den Mittagstisch setzt. Den Ranzen stellt er schon neben seinen Stuhl. Schwarz gelocktes Haar, Segelohren, rot-gelb-grün kariertes, kurzärmliges Hemd. Für einen Zehnjährigen trägt er ziemlich buschige Augenbrauen über seinen lang bewimperten, braunen, leicht geschlitzten Guckern. Unter seine Wippnase schiebt er die Erbsensuppe zwischen sehr schmale Lippen. Das winzige fliehende Kinn lässt keinen energischen Helden vermuten. Nachdem der Teller ausgelöffelt ist, wird der noch säuberlich ausgeleckt, und die Mutter räumt die Tafel ab.
Der Schüler beugt sich nach rechts, zieht die Schultasche auf seine Knie – man sieht dabei, dass er kurze schwarze Wollhosen trägt – und entnimmt ihr ein Schreibheft, es kann auch ein Rechenheft sein, ein Buch und einen Bleistift. Den Ranzen platziert er wieder neben dem Stuhl, schlägt Buch und Heft auf, stützt sein Kinn auf die linke Hand und fängt mit der rechten an zu schreiben.
Nach wenigen Minuten ist die Hausarbeit erledigt, die Schulsachen werden neben das Küchenbuffet gestellt; hinaus geht's in den Hof, die Stalltüre wird geöffnet und die Ziege an einer etwa vier Meter langen Leine herausgeführt. Es ist eine weiße deutsche Milchziege mit Ziegenbart.
Wir sehen das Gespann entlang eines Kartoffelackers zu einer Schutthalde marschieren. Dort wird das Tier angepflockt und fängt sofort an, die Sträucher anzuknabbern. Der Knabe lehnt sich an einen Baumstumpf, um von der großen weiten Welt und seiner Zukunft als Medizinprofessor zu träumen. Plötzlich kommt von links ein großer Hund (oder gar ein Wolf?) auf die friedlich Äsende zugeschossen. Diese reißt in ihrer Angst den

Pflock aus dem Boden und rennt meckernd den Abhang hinunter. Der Knabe ergreift einen Stock, vertreibt den Hund und rennt der Ziege hinterher. Er sieht, dass das Tier in seiner panischen Flucht in dem Morast am Ende der Schutthalde gelandet ist und dort im Sumpf zu versinken droht. Beherzt ergreift er das Ende der Laufleine – an welcher noch der Pflock hängt – und versucht die hilflos Zappelnde aus dem Tümpel zu ziehen. Er zerrt mit aller Kraft, in seiner Not entdeckt er einen Baumstamm, zieht seinen Gürtel aus und verlängert damit die Leine, sodass er sie um den Baum legen kann. Dann stemmt er sich in die Seile, dabei muss er natürlich in die Richtung des Tieres ziehen, er sieht es noch auf das Ufer springen, denkt „Gerettet!", hat aber nicht bedacht, dass der Widerstand dabei plötzlich verschwindet und er keinen Halt mehr hat, und landet seinerseits im fauligen Nass. Er kann nicht schwimmen, das gerettete Tier denkt nicht an Dank und lässt seinen Retter ertrinken.

Aber ob Käfer oder Ziege, wenn ein Menschenleben zugunsten eines Tierlebens geopfert wird, ist das nach meinem irdischen Gefühl und Empfinden ungeheuerlich – um nicht zu sagen, pervers – weil wir kulturell und religiös entsprechend geprägt sind, aber aus meinem jetzigen Zustand kann ich das gar nicht mehr so unnatürlich sehen. Als ich noch unter Euch weilte, da hätte ich ohne zu zögern lieber das Mädchen und den Knaben überleben gesehen, da habe ich auch mehr die Subjekte im Visier gehabt, hier oben, hier draußen hingegen kann ich nur noch das Leben selbst im Auge haben, egal, ob es in einem Menschen, einem Tier oder Baum wohnt; der Respekt vor dem Leben überhaupt ist angebracht. Selbstverständlich kann das nicht bedeuten, dass Menschen verhungern müssen, weil sie das Leben anderer Kreaturen achten, – das ganze Universum zeigt uns, dass Leben ja „Fressen und Gefressenwerden" ist, auf das Maß kommt es an. Der Fisch, den du isst, der hat auch schon viele andere Leben ausgelöscht; wenn du den Fisch tötest, um ihn zu verspeisen, dann rettest du tausend Fliegen, Larven oder kleineren Fischen das Leben; wenn du das Wildschwein verspeist, dann kannst du dich damit trösten, dass andernfalls ein paar arme Rehlein verhungern müssten, denen die Sau das Futter vor der Nase weg gefressen hätte. Wenn du dem Huhn das Ei wegisst, dann sorgst du dafür, dass es keine Überbevölkerung des Federviehs gibt, damit verhinderst du bei ihnen den grausamen Kannibalismus.

Mal sehen, was der Spiegelsaal des Lebens, der Lebensläufe noch so zu bieten hat:

DER KÖNIG

Zunächst sehe ich ein Schloss in einem Königreich. Drinnen, im königlich abgedunkelten Kreißsaal gleich vier Hebammen – oder Bedienstete –, eine ganz alte Frau, zwei Mittelalte und eine ziemlich junge Dame. Die holen gemeinsam einen Jungen aus dem Schoß der Königin und nennen diesen – ich glaube – Ludwig oder Louis.

Ludwig – oder Louis – wird in kostbarste Tücher gewandet, behütet, verhätschelt, gepflegt und bestens versorgt; lernt krabbeln, laufen und sprechen und wandelt bald, auch stets gut gesättigt, durch die Wandelhallen des väterlichen Schlosses. Der Schlossteich bietet ihm Zerstreuung, wenn er – obwohl noch nicht mal sechs Jahre – der Königin, der Mätresse des Königs oder nur seinen Kindermädchen seine kleine Männlichkeit zum Spiel überlassen hatte.

Pfui, das kann ich nicht beschreiben, Kinderschänder gab es damals nicht. Keuschheit wurde zwar vom Adel und vom Klerus übers Volk vergossen, sie galt aber nicht unbedingt auch für Klerus und für den Adel selbst. Sodom und Gomorrha gab es nicht nur in biblischen Zeiten, nein, diese Spielarten gab es auch schon davor, die gibt es heute und wird es auch in Zukunft geben.

Aber was ist daran eigentlich schlimm? Solange alle Beteiligten im Vollbesitz ihrer geistigen Kräfte sind, solange kein Mitspieler erpresst, genötigt, vergewaltigt wird, solange alles auf Freiwilligkeit beruht, hat Gott sicher nichts gegen Orgien (sonst hätte er uns nicht die Lust zur Lust verpasst). Der kleine Prinz Louis hatte also wahrscheinlich selber Spaß an den Späßchen seiner Betreuerinnen.

Nun steht er also am Schlossteich und sehnt sich danach, dass das Fernsehen erfunden wird, oder wenigstens das Auto. Das ist in seinem Lebenslauf aber noch nicht vorgesehen; stattdessen hat die Vorsehung ihm ein Pferd – und, immerhin, ein Fernrohr – zugespielt. Auf dem Gaul sitzend, schaut er durch diese Röhre nach schönen Frauen, denn durch die Spielchen mit seinen Gouvernanten auf das sonnige Leben als Sonnenkönig vorbereitet, geradezu aufgeheizt, darf dem Strahlemann das Holz vor dem Hause nicht ausgehen. Obwohl die Auswahl an weiblicher Zuneigung sehr groß ist, entscheidet er sich – man sagt, aus politischem Grund – Maria Theresia zu heiraten, er sieht aber keinen Grund, deswegen fürderhin auf das Fischen in fremden Gewässern zu verzichten …

Aber das könnt ihr ja alles in Geschichtsbüchern und in Biographien nachlesen. Das verrate ich euch, ich bedauere zutiefst, dass ich mich während meiner Schulzeit zu wenig mit der Weltgeschichte beschäftigt hatte. Wenn ich die Zeit zurückdrehen könnte, würde ich die ganze Enzyklopädie auswendig lernen, kein König, keine Kaiserin, kein Pharao, kein Papst, kein Feldherr wäre vor mir sicher, ich würde auch die Maler, die Dichter und Denkerinnen und deren Enzyklopädien durchleuchten und selber versuchen, ein einprägsames Musikwerk zu komponieren. Also was sollte ich euch die Filme der Berühmtheiten wiedergeben, ihr kennt Aristoteles und Xerxes, Hermann (Arminius) und Thusnelda wohl besser als ich und könnt jederzeit jeden bekannten Namen in den einschlägigen Büchereien nachschlagen. Das Einzige, was mich stört, ist, dass da grundsätzlich Behauptungen aufgestellt werden wie etwa: „Karl der Große hat die Festung. XX gebaut, Ramses hat die Pyramide XXYY errichtet, Alexander hat die Perser besiegt …" Also, das ist Schwachsinn, wenn der gute alte Karl die Festung XX selbst gebaut hätte, dann hätte er über sein Leben hinaus geschuftet, gehämmert, gemeißelt und gemauert; dann hätte er keine Sachsen schlachten können, nicht einmal seinen nötigsten Regierungsgeschäften hätte er sich hingeben können.

Stell dir vor, der alte Hadrian hätte seinen Wall selbst errichtet, würden wir ihn heute überhaupt noch kennen? Solche Äußerungen sind mit Vorsicht zu genießen, aus meiner Sicht, nach

Befragung der Toten, muss ich sagen, dass das alles Unfug ist. Um nur ein Beispiel zu nennen, bleiben wir ruhig beim Karl, denn der wusste damals schon, dass Europa zusammen gehört; der hat die Festung nicht gebaut, er hat – auf seine Berater hörend – den Befehl erteilt, so ein Prachtexemplar von Steinkunstwerk in die Siedlung zu stellen. Handwerker und Hilfsarbeiter waren die Erbauer!

Nonames haben ihre Gesundheit ruiniert, ihr Leben riskiert – manche auch gelassen – damit der Auftraggeber sich im Ruhm baden kann. Nicht Alexander hat die Perser besiegt und unterworfen, das waren seine armen Mitstreiter, man kann ihm höchstens zu Gute halten, dass er die Idee mit der Massenheirat hatte. Das war tatsächlich genial, für die damalige Zeit vielleicht so genial, wie später Einsteins Relativitätstheorie. Das will ich gar nicht beurteilen, kann ich auch gar nicht. Aber was ist genial, wer ist ein Genie? Vielleicht bringt der nächste Spiegel die Antwort:

DAS GENIE

Schon wieder ein Geburtsvorgang, wiederum ein Knabe. Wir wohnen seinem kindlichen Werdegang bis ins fünften Lebensjahr bei, ohne irgendwelche Auffälligkeiten zu beobachten. Aber, siehe da, der Rotschopf hat gerade seine fünf Geburtstagskerzen ausgepustet und seinen Kuchen verputzt, da drückt ihm ein freundlicher Herr einen Geigenstock in die Rechte und eine Violine in die Linke.

Der Kleine entlockt dem Gerät tatsächlich ein paar Töne, aber die tun mir in den Ohren weh, ein furchtbares Krächzen und Quietschen. Der gute Onkel gibt dem Jungen ein paar Tipps und lässt die nächsten drei Jahre nicht locker. Der kleine Musikant tritt nun die folgenden drei Jahre täglich an das Notenpult in der guten Stube und übt und übt. Sein Ziehonkel – vielleicht ist es auch Vater oder ein gut bezahlter Lehrer – bringt dem Jungen die Noten bei und greift zwischendurch selber in die Saiten.

Wir sehen das Kind in dieser Zeit selten mit Gleichaltrigen spielen, begleiten ihn in die Schulklasse, wo er ein mittelguter Schüler zu sein scheint, und setzen uns an seinen achten Geburtstagstisch.

Dieses Fest findet in einem großen Saal statt. Es haben sich da viele Leute, offenbar lauter Musikkenner, eingefunden. Ich zähle mindestens achtzig erwartungsvolle, festlich gekleidete Gäste. Der kleine Jubilar, dunkelblauer Samtanzug, weißes Hemd mit silberner Fliege unterm Kinn, pustet acht Kerzen aus, mampft zwei Stückchen Sahnetorte, trinkt einen Becher Kakao, putzt sich das Schnäbelchen mit einer bunten Papierserviette ab, empfängt von seinem Lehrer das spielbereite Instrument, stellt sich damit in Pose vor das in der Saalmitte platzierte Notenpult und wartet für seinen ersten öffentlichen Auftritt brav auf das Startsignal. Dieses gibt der Lehrer, nachdem er das Publikum mit einer längeren

Rede ungeduldig gemacht hat. Der junge Künstler fiedelt drauf los, begeistert das Auditorium fast eine Stunde lang und kann am folgenden Tage in den kommunalen Gazetten lesen, dass er eine Bereicherung für die Gemeinde sei, dass man sich freue, solch ein Genie in seiner Mitte zu wissen. Das könne eines Tages zum Ruhm des Ortes beitragen, was mit erhöhtem Fremdenverkehr und mehr Steuereinnahmen verbunden sein werde. Das kleine Genie wird von seiner stolzen Familie fortan dazu ermuntert, den Karriereweg weiter zu ziehen und auf alberne Kindheitserlebnisse zu verzichten.

Wir müssen mit ansehen, wie aus dem stets musizierenden Knaben ein stets musizierender Jüngling wird, der nicht mitkriegt, wie seine Altersgenossen allerlei Kinderstreiche treiben und pubertäre Liebeserlebnisse mitnehmen. Der Geiger geigt seinen Schulkameraden was, wenn sie ihn zum Spielen abholen wollen. Er kniet sich in die Pflege seines musikalischen virtuosen Genies und verzichtet auf Kindheit und Jugend.

Sein Lehrer bekommt zwar allmählich graue Haare, aber nicht, weil der sich über die Leistungen des Schülers ärgert, sondern allein, weil er nicht jünger werden kann, sondern altert wie jeder Mann. Dafür wächst dem Streber inzwischen auch ein Bärtchen. Dieses wird täglich gepflegt, gestutzt und gebürstet.

So wird aus dem kleinen Fiedler schließlich ein stattlicher, ja, recht attraktiver Mann, während sein Tutor mit grauen Schläfen und dickem Wanst nicht mehr so viele Mädchenblicke auf sich ziehen kann. Aber der Künstler, dem die Blicke jetzt gelten, hat keine Augen für die hübschen Damen, die ihn inzwischen anhimmeln, weil seine Blicke meistens die Notenblätter streifen. So geht er von Auftritt zu Auftritt, wird berühmt, und seine Manager werden reich dabei.

Eines Abends aber – seine Altersgenossen haben schon längst die Wonnen der Liebe genossen – kreuzt nach einem Konzert beim Abendbuffet der schmachtende Blick einer Brünetten den seinen. Ihm wird warm ums Herz, und sein Appetit nach Lachs,

Wein und Käse schwenkt um auf unbekannte Genüsse. Er lässt seinen Manager allein am Tisch und setzt sich zu der Schönen. Die Blicke hatten schon tausend Worte ersetzt, so sind diesen nur noch wenige Gesten und Laute hinzuzufügen und der berühmte Geigenvirtuose schläft die erste Nacht in seinem Leben nicht allein in seinem Bett. Da ist er bereits vierundzwanzig Jahre alt und weiß noch nicht, was seine Angebetete von ihm erwartet. Trotzdem ist er am nächsten Morgen – zwar etwas verwirrt, noch – sehr erleichtert. Seine Erste ist davon, ohne ihren Namen zu nennen, hat aber wohl einen bleibenden Eindruck hinterlassen, hinter dem Eindruck versteckt sich leider ein venerischer Infekt. Dieser beendet die Karriere.
Aber es gibt auch positivere Beispiele. Der Spiegel nebenan zeigt so eines:

Wieder ein Rothaariger? Vielleicht wird die Farbe aber auch nicht ganz exakt widergespiegelt, weil hier ja so unendlich viele Spiegel sind. Der Junge wächst in einer Bäckerstube in Marbach am Neckar auf und wird von seinem Vater – einem Leutnat der württembergischen Garde – zunächst in die Volksschule zu Lorch geschickt, bekommt bereits mit sechs Jahren Privatunterricht in Griechisch und Latein, damit er einmal ein guter Pfarrer werde.
Aber der Landesherr – Herzog Karl-Eugen – braucht Kanonenfuttermonteure und polt den Begabten entsprechend um; nach dem Soldatendrill muss Fritz die medizinische Fakultät absolvieren, bleibt dabei aber im Gewahrsam des Militärs.
An der Uni jubelt ein philosophisch angehauchter Professor – Abel – dem Medizinstudenten die Dramen Shakespeares und Goethes „Götz von Berlichingen" unter. Damit ist das Feuer entfacht, das Genie geweckt; der Gehorsame wird ungehorsam, denkt: „Was die können, kann ich auch", schleicht sich außer Landes, schickt in Mannheim Räuber auf die Bühne, während – das sieht man in den Spiegeln nebenan – Goethe auf die Plattform des Straßbur-

ger Münsters stürmt, welchem Lenz nachdrängt (deswegen heißt jene Zeit wohl auch „Sturm und Drang").
Hier erkennen wir, dass ein Genie vom anderen inspiriert wird: Goethe, Herder, Lenz, Kleist, Schiller ... Jetzt könnte ich natürlich noch die weniger Stürmischen, Walther von der Vogelweide, bemühen: Klopstock, Achim und Bettina von Arnim, Meyer und und und ... Verflucht noch mal, hätte ich damals in Literaturgeschichte nur besser aufgepasst, die nächsten hundert Jahre werde ich hier alles nachholen. Aber nicht nur die Literaten, nein, auch die Maler, Musiker, Entdecker und Erfinder werde ich mir reinziehen. Ihr Lebenden könnt das alles jetzt noch erledigen, es rentiert sich!
Was ich jetzt hier vor mir flimmern sehe, das könnt Ihr noch alles selber nachlesen, deswegen langweile ich Euch jetzt nicht mehr mit den Geistesgrößen, den Genies, was ich dazu nur noch zu sagen habe, welche Meinung ich dazu entwickelt habe. Ich denke, das Genie generiert sich nie von selbst, es wird dazu entweder getrieben, hingedrillt, oder es ist einfach der Sammeltopf des Wissens einer bestimmten Epoche, in bestimmter Umgebung. Wahrscheinlich sind bestimmte Gedanken, bestimmte Erkenntnisse, bestimmte Erfindungen einfach zu einer gewissen Zeit reif; die Person, die als erste oder am lautesten diese Entdeckung publik macht, sich patentieren lässt, gilt als das Genie, hat aber in Wirklichkeit lediglich die Erkenntnisse seiner Mitmenschen zusammengefasst.
Wenn eine Mutter ihrem Kind nicht vernünftig das Sprechen beibringt, wird es nie ein Dichter werden; wenn ein Vater seinem Kind nie den Umgang mit Hammer und Meißel beibringt, wird es nie ein berühmter Bildhauer; wenn ein angehender Chemiker keinen adäquaten Chemieunterricht bekommt, wird er nie eine gute Arznei entwickeln ... wie auch ein Haus nur auf soliden Grundmauern Standfestigkeit bekommen kann.
So kann ein Genie sich nur auf soliden Grundlagen entwickeln, wenn es gefördert wird und die Kenntnisse seiner Mitmenschen

zusammenträgt, es ist immer Produkt seiner Umgebung, seiner Familie, derjenigen Gesellschaft, die es fördert und beeinflusst. – Also, wie gesagt, die nächsten hundert Jahre werde ich mir hier die Geistesgrößen reinziehen, aber jetzt erst mal wieder Themenwechsel:

Eigentlich will ich ja hier meine Ursprünge finden, natürlich ist es sehr interessant, alle Geistesgrößen, alle Helden, Erfinder und Entdecker, sogar Schauspielerinnen und Sportler, Wissenschaftler, Schriftstellerinnen, Maler und Musiker auf engstem Raum und gleichzeitig erleben zu können, alle weiblichen und männlichen Berühmtheiten der Welt, die so genannten Unsterblichen. Aber das kann ich mir ja noch aufsparen, damit brauch' ich Euch jetzt nicht langweilen, weil Ihr die Biografien und Taten alle entsprechend eurer Interessenschwerpunkte selber nachschlagen könnt. Ich habe dafür die nächsten Jahrhunderte noch genügend Zeit, deswegen suche ich erst noch nach solchen Lebensläufen, die nicht in jeder Bücherei abgelegt sind; natürlich auch in der Hoffnung, dass ich auf meine Ahnen stoße. Ich geistere also einige Spiegel weiter.
Aha, gleich neben der Roswitha von Gandersheim – der offiziell ersten deutschen Dichterin (mit allerdings lateinischem Slang), so um 960 – entdecke ich wieder ein Noname-Schicksal, es ist sogar ein Doppelschicksal.
Hier wird Gott sei Dank keine hierarchische Anordnung vorgenommen, die irdischen Erlebnisse landen im Spiegelsaal des Lebens offenbar in völliger Unordnung. Dass ich soeben den Eindruck hatte, in der Ruhmesecke zu schweben, ist eine Sinnestäuschung, weil wir Menschen – und dann später auch unser Geist – zur selektiven Wahrnehmung neigen. weil wir in unserer Umwelt eigentlich nur das suchen, was für unseren Fortbestand oder momentanes Vorhaben wichtig erscheint ... Ich zeige euch jetzt den Film von Amalie und Hubert:

AMALIE UND HUBERT

Zunächst laufen direkt nebeneinander zwei Kindesentwicklungen ab, ein Mädchenleben und ein Knabenalltag. Der Knabenfilm hat einen Vorspann von etwa drei Jahren, deswegen fangen wir mit Hubert an:
Ein Ziegenstall; auf einer Strohmatratze liegt eine junge Frau in den Wehen. Eine ältere Frau kniet mit einer dampfenden Schüssel neben ihr. Von den Wehen bekommen wir nicht mehr viel mit, es geht rasend schnell; die Schwangere verzieht das Gesicht, bäumt sich auf, wirft sich wieder auf das Kissen, ein Aufschrei, die Hebamme versperrt uns die Sicht, die Alte springt auf, an ihrer Rechten baumelt was, ein Klaps auf den Po, ein zarter Schrei, der wird durch einen Waschlappen abgebrochen, das Baby liegt plötzlich nicht mehr im Bauch, sondern oben drauf, an der prallen Brust der jungen Mutter. Die Ziegen glotzen neidisch oder erstaunt und heben an zu meckern.

Wenn wir Gedanken lesen könnten, würden wir erkennen, dass das Neugeborene wieder in die gute warme Stube zurück möchte, an die es sich neun Monate lang gewöhnt hatte. Aber so Kleine können noch gar nicht denken, sowas können wir dem unterstellen, weil wir im Lauf der Jahre Mitgefühl entwickelt haben. Machen wir also beim Ziegenmeckern weiter: Kind und Mutter werden gereinigt. Die Nachgeburt wird im Garten, hinterm Stall vergraben. Die Ziegen können ihre Milch behalten, denn bei der Mama schießt die Milch ein, das Baby lässt sich's schmecken. Die Tiere werden trotzdem von einer inzwischen herbeigeeilten Magd gemolken, weil man ja auch Käse braucht. Wo bleibt der Vater? Kein Mann weit und breit. Wir sind doch nicht etwa bei den Amazonen gelandet – dann müsste wenigstens Odysseus zu sehen sein? Wenn der Illiate (oder Trojaner) auftaucht, drehe ich sofort weiter – wir wollen jetzt keine Berühmtheit. Gottlob, es scheint, der kleine Milchknabe bleibt das

einzige männliche Geschöpf; auch die Ziegen haben keine Böcke. Hühner gibt es noch, die werden zwar von einem Hahn bewacht, aber so was gab es bei den Amazonen wohl auch. Wichtig bleibt die Aussage, dass hier kein Mann rumläuft.
Zumindest nicht, bis Hubert drei Jahre alt ist. Da kann man ihn zwar auch noch nicht als Mann bezeichnen – ich hoffe doch, dass jetzt nicht der Wolfram, der von Eschenbach, auftaucht und dem Hubert den Namen Parzival gibt (hoffentlich habe ich nicht eine Berühmtheiten-Phobie) – aber gottlob, Hubert wird Hubchen gerufen. Hubchen, Hubi, Hubert ... Mutter, Großmutter und Magd verwenden mal diesen, mal jenen Namen ..., die Frauen kümmern sich auch abwechselnd und rührend lieb um den Knaben, sehr oft wird er umher getragen, er darf aber auch im Hühnermist oder zwischen den Kartoffelstauden rumkrabbeln, manchmal muss er auch aus dem Ziegenverschlag gezerrt werden.
Hubertli feiert – mit seinen drei Weibern – endlich seinen dritten Geburtstag und bekommt den ersten Mann in seinem Leben zu Gesicht; man könnte auch sagen, er bekommt ein sehr menschliches Geburtstagsgeschenk, denn bei dem Besucher handelt es sich nicht etwa um einen gewöhnlichen Gast, sondern um den leibhaftigen Vater, einen Kriegsheimkehrer. Alle Frauen flennen, der Knabe weiß nicht, warum und bekommt es mit der Angst zu tun, instinktiv will er die Flucht ergreifen, als er sieht, dass der Krüppel seine Mutter zerquetschen will. Aber seine Großmutter versperrt dem Kleinen den Weg und drückt ihn dem Eindringling an den Stoppelbart.
Der Fremdling erfährt soeben, dass er seinen eigenen Sohn auf dem Arm hat und beäugt diesen zärtlich, flüstert auf ihn ein, sodass dessen anfängliche Angst einer forschenden Neugierde weicht. Mit dem Ausdruck „Papa" kann der Junge zwar noch nichts anfangen, aber er zupft dem Herrn am Bart, weil er ahnt, dass er selber auch mal so ein behaartes Gesicht bekommen wird. Man muss ja schließlich rechtzeitig wissen, wie sich so etwas anfühlt.

Die nächsten Stunden, Tage und Wochen treibt das Kind Studien am Objekt Vater, erfährt, dass der auch Hubert heißt und bekommt bald ein Gespür dafür, was das bedeutet. Nach den ersten zwei Monaten trauten Zusammenseins und Beschnüffelns bekommt der neugierige Knabe den Unterschied zwischen weiblich fürsorglicher Obhut und väterlicher Strenge hautnah zu spüren.

Zu seinen täglichen Pflichten gehört es, den Hühnern die Eier zu klauen. Weil in so einem Knaben allmählich ein gesunder Spieltrieb gedeiht, treibt ein innerer Drang diesen zur Eile an, als er gerade das letzte Gelege erntet, dabei rutscht er auf einem Fäkalienhaufen aus und drei weiße Ovale sind plötzlich Matsch. „Klatsch, klatsch", folgt sofort; es ist die Linke seines Vaters: „Pass doch auf du Tölpel!"

Zur selben Zeit, als der Eierschänder heulend, schreiend Zuflucht auf dem Schoß seiner Mutter sucht, löst sich – etwa drei Kilometer entfernt – in der Nachbarkate ein winziges Mädchen schreiend aus dem Schoß der späteren Schwiegermutter des soeben Gezüchtigten. Dem Baby tropft wenige Tage später in der Dorfkirche der Name Amalie auf die Stirn. Deren Vater ist bei der Taufe – in tiefes Gebet versunken – anwesend, die Mutter hatte noch nie von Doktor Semmelweiß gehört und das Zeitliche im Kindbett gesegnet. Also doch nur Beinaheschwiegermutter. – Diese Konstellation, milder Witwer Franz mit hilflosem Baby auf Scharhof, strenger Hubert Senior und Ehefrau Pauline mit wildem Nachwuchs auf Rosenhof, die sich in der Kirche zu Wolfsiedeln gegenseitigen Beistand versprechen, führt später zu einer innigen Freundschaft der Familien und erzeugt zwangsläufig, folgerichtig, auch die Verbindung zwischen Hubert jun. und Amalie, der Halbwaise. (Wenn ich einen Roman schreiben wollte, eine rührende Familiensaga, könnte ich jetzt hier beginnen. Vielleicht sollte ich mich der Pauline widmen, die schwere Gewissensbisse bekommt, weil sie gute vierzehn Jahre unter größter Geheimhaltung ihr Herz zwischen Hubert sen.

und Franz aufteilt, weil sie einem weiteren Knaben das Leben schenkt und nicht weiß, ob Franz oder ihr Gatte der Erzeuger ist. Als Vater wird Hubert angegeben, als Taufpate gibt Franz seinen Namen als Beigabe. Sein Sohn wird auf Franz-Heinrich hören. Er ist gleichzeitig der kleine (Halb-)Bruder von Hubert jun. und von Amalie. –
Wir wollen hier jedoch nicht die ganze Familiengeschichte der Scharhöfer und Rosenhöfer ausbreiten, sondern uns allein auf Amalie und Hubert konzentrieren. Also, die kleine Amalie wird überwiegend – bis zu ihrem vierzehnten Geburtstag – auf dem Rosenhof großgezogen. (Dass ihr Vater sie da möglichst oft besucht, ist selbstverständlich; es mag nur suspekt erscheinen, dass dieses in der überwiegenden Zahl ausgerechnet dann geschieht, wenn Hubert sen. die Ernte auf den Markt fährt oder sonstwie weitab außer Haus beschäftigt ist. Das wollen wir aber nicht näher erörtern.)
Das Mädchen gedeiht unter Paulines Obhut prächtig, kann bereits mit elf Monaten die Stube alleine durchqueren und nimmt mit sechzehn Monaten die Verfolgung des Hubert jun. auf. Die kleine Göre will es offenbar ihrer Stiefmutter gleichtun, nur wird ihr Herz zwischen dem Nachbarjungen, dem Stiefbruder Hubert und ihrem – und seinem – Halbbruder Franz-Heinrich wandern.
Bis Franz-Heinrich sich bequemen wird, das Licht der Welt zu erheischen, konzentriert sich das Mädchen ganz auf die Eroberung des Hubert jun, der aber hat noch keine Zeit für Weibergeschichten, er zieht die Ziegen und den Ackergaul seines Vaters vor. Während der zehnjährige Knabe sich in die Mähne des Pferdes krallt und Richtung Rübenacker zur Ernte reitet, krault sich die Siebenjährige beleidigt, enttäuscht in ihrer brünetten Mähne und stampft einem Käfer unter ihren Füssen das Leben aus den Flügeln. Während das Tierchen seinen letzten Atemzug aus den Tracheen drückt, nimmt im örtlichen Geburthaus gerade der frisch geschlüpfte Franz-Heinrich, mit begleitendem Gebrüll seinen ersten tiefen Atemzug in seine Lungen auf.

So ist das Leben, einer kommt, der andere muss gehen. Amalie hat bald die freie Wahl, aber sie muss sich noch ein paar Jahre gedulden. Gerade, als sie ihren kleinen Halbbruder würdig findet, mit weiblichen Reizen zu verlocken, fängt ihr Stiefbruder auch an, sich für das andere Geschlecht zu interessieren. Er ist nun siebzehn, sie vierzehn, der Kleine sieben Jahre alt. Frauen beobachten die Natur ja aufmerksamer als Männer; Amalie hat schon längst gesehen, was der Hahn mit den Hennen, der Ziegenbock des Nachbarn mit den Ziegen des Rosenhofs und was der Rüde mit der Hündin treiben.

Sie hat längst erkannt – hat es ja auch zwischen ihrem Vater und der Stiefmutter belauscht – was für Spielchen es zu spielen gibt. Ihr ist sogar der große Unterschied zwischen menschlicher und tierischer Liebe aufgefallen. Bei den Tieren ist es fast immer der Kerl, der balzt, der brüllt, der kräht; hingegen, wenn sie Franz und Pauline belauscht, ist es der Vater, der leise röchelt, und die Ziehmutter gibt den Ton an …

Endlich will das Mädchen wissen, ob das der wahre Unterschied zwischen Mensch und Tier ist, da ist dem Hubert auf der Weide ebenfalls die Idee gekommen, ob seine Eltern vielleicht auch so was machen wie der Bulle und die Kuh.

So inspiriert von der sie umgebenden Fauna geht Amalie zusammen mit Hubert zur Heuernte auf die Wiese. Der Jüngling findet sie jetzt schön, begehrenswert, versetzt sich in die Rolle des Katers und schnurrt mit der Holden hinter einen Haufen Trockengras. So ist das eben auf dem Lande, die Menschen lernen von den Tieren. Tiere sind normal, natürlich, ungehemmt. Die Landjugend lernt auf natürliche Weise zu leben, zu lieben und zu fühlen. Die Ausbildung gesunder, naturnaher Gefühle und Verhaltenweisen ist bei der Landjugend so gewährleistet, aber die Stadtjugend, wenn sie ohne Einblick in das Naturleben bleibt, wenn sie in Moralkorsetts hineingezwängt, wenn sie nur zu Keuschheit, Zucht und Ordnung gedrillt, auf ein „anständiges" Leben beschränkt wird, wie soll die sich frei und glücklich fühlen … wie soll die das wahre Leben spüren …?

Jetzt spüre ich es ganz deutlich, die Hand auf meiner Stirn: Elses flüsternde Stimme vernehme ich wie aus weiter Ferne. Hat mein Geist Heimweh bekommen? Ist mein Köper nicht verwest, meine Seele noch zu Hause? Ich schlage die Augen auf, ich habe das Gefühl durch eine Pforte zu schweben, aus dem Reich der Erinnerungen in die Welt der Erkenntnis, in die Gegenwart: „Wie lange lag ich im Koma?" – „Er lebt!" Else, meine allerliebste Gattin küsst mich herzlich, freudig erleichtert! Ich muss erst in diese Welt zurückfinden …

TEIL II

DAS VERMÄCHTNIS DES DR. H. C. BRAUN

Nachdem meine Gattin Else mich liebevoll wach geküsst hatte und ich erkannte, dass ich zwei ganze Wochen im Koma gelegen hatte, da war ich erleichtert, dass meine Dreieinigkeit von Geist, Seele und Körper noch vereint war und dass mein linker Arm doch nicht amputiert werden musste. Ich durfte am Folgetage die Klinik verlassen mit dem ärztlichen Rat, dass ich mich noch einen guten Monat schonen und wöchentlich einmal zur Nachschau in der Ambulanz vorsprechen solle.

Während meines Krankenhausaufenthalts hat sich leider unser lieber Knecht Alfred – der in unserem Dorf als Dr. h. c. Braun bekannt war – aus dem Leben verabschiedet. Er liegt nun dort, wo ich im Komazustand geglaubt hatte, selbst begraben zu sein. Alfred Braun war seit gut vierzig Jahren im Ort und diente schon dem Vater meines Schwiegervaters als Knecht. Er war allseits beliebt gewesen und hatte seinen Ehrendoktortitel von den Dorfbewohnern erhalten, weil er bei jedem Stammtisch, bei jeder Feier, bei jedem Fest – meist kritische – Kommentare beizusteuern wusste.

Er hatte weder Frau noch Kind und bewohnte eine Kammer neben dem Pferdestall, rechts von unserer Diele. Eigentlich war er schon vor meiner Hochzeit mit Else in Rente, aber er wollte sein Zimmer gerne behalten, wollte nicht weg vom Hof und möglichst seinen Lebensabend hier verbringen, weil er keine Verwandten hatte. Er half auch gern weiterhin bei der Ernte, ohne neben der Rente einen Zusatzlohn zu verlangen, einfach, weil die Landarbeit ihm Spaß machte. Er war ein hilfsbereiter lieber, allseits beliebter und bescheidener Mann.

Nun war dieser Mensch tot, ich sollte mich zwar schonen, aber den Wohnraum des Verstorbenen konnte ich ja wohl inspizieren. Meine Frau wollte, dass ich mir in dem frei gewordenen Zimmer ein Büro einrichte, damit endlich mein Schreibkram aus unserer Wohnstube verschwinden könne. Ich machte mich also ans Ausräumen. Ich fand unter dem Inventar nichts für meine Familie Brauchbares außer einer Taschenuhr und dem

Jugendstil-Schreibtisch. Den wollte ich künftig selber bestimmungsgemäß nutzen. Was verbrannt werden konnte, brachte ich in den Kohlenkeller, die Textilien zum Lumpensammler. Als ich aber den Inhalt des Schreibtisches vernichten wollte, stieß ich auf ein Schreibheft mit dem Titel „Versteckte Wahrheiten", handschriftlich, mit grüner Tinte geschrieben.

Zuerst glaubte ich, dass unser geheimnisvoller Knecht hier seine Familiengeschichte niedergeschrieben hatte, denn kein Mensch wusste etwas über seine Herkunft, nie hat er über seine Vergangenheit gesprochen und hat stets die Auskunft verweigert, wenn er danach gefragt wurde. Wenn er auch sonst sehr gesprächig war, aber dieses Thema war für das ganze Dorf tabu.

Man munkelte zwar, dass er ursprünglich eigentlich ausgebildeter Arzt mit gut gehender Praxis im süddeutschen Raum gewesen sei, wegen seiner Hilfsbereitschaft gegenüber unfreiwillig schwanger gewordener Mädchen aber seine Approbation verloren und sogar drei Jahre Gefängnis bekommen hatte.

Jetzt glaubte ich seine Geschichte, sein Geheimnis in den Händen zu halten und fing an zu lesen. Ich wurde zunächst enttäuscht, es war keine Autobiographie, aber die Lektüre der Niederschrift fesselte mich dennoch.

Ich habe lange überlegt, ob ich dieses Vermächtnis des Herrn Braun weitergeben kann. Wenn ich nicht wenige Tage zuvor im Koma gelegen hätte, hätte ich die Schrift niemandem gezeigt. Aber der Inhalt entspricht in so vielen Punkten meinen Komaträumen, dass ich annehmen muss, dass mein Geist in diesen Tagen tatsächlich nicht in meinem Körper war, sondern hier in Alfreds Schublade; hier vermeinte ich im Spiegelsaal des ewigen Lebens zu weilen, denn seht, was da geschrieben steht:

VERSTECKTE WAHRHEITEN. VON ALFRED BRAUN

Vorwort

Der Respekt vor geistigen Größen, insbesondere den Theologen und den Wissenschaftlern (sowohl den so genannten Gelehrten als auch denjenigen Forschern, die neues Wissen schaffen), und deren vorrangiger Kompetenz, aber auch soziale und berufliche Bindungen, hauptsächlich aber die Angst vor den eventuell möglichen Auswirkungen, haben mich bisher daran gehindert, mit meinen „Erkenntnissen" an die Öffentlichkeit zu treten.

Denn zumindest meine ersten Ideen wären geeignet gewesen, Enttäuschung bei weniger charakterstarken und Halt suchenden Bürgern oder nachlassende Leistungsbereitschaft bei beruflichen Strebern oder Karrieretypen hervorzurufen, ethische und moralische Grundsätze über den Haufen zu werfen, Freundschaften zu zerstören und mir den Zorn vieler Erdbewohner einzuhandeln.

Aber insgeheim hatte ich doch immer gehofft, dass wenigstens irgendeine anerkannte Persönlichkeit ebenfalls dieselben Einsichten gewonnen hat und – mit entsprechender Sachkunde, entsprechendem Einfühlungsvermögen – Schritte unternimmt, sie der Allgemeinheit zur Diskussion zu stellen.

Denn ich bin überzeugt davon, dass kein Gedanke, keine einzige Idee von nur einem einzigen Individuum hervorgebracht wird. Nur wer eine Erkenntnis, eine Entdeckung oder eine Erfindung als Erster veröffentlicht oder patentieren lässt, gilt allgemein als deren Verursacher, Schöpfer, Konstrukteur. In Wahrheit ist es aber jeweils das Umfeld, die Gesellschaft, welche das Werk, Gut, Wissen hervorgebracht hat. Selbst die Leistung eines Genies kann nur unter diesem Aspekt anerkannt werden.

Da ich nun aber schon fast ein halbes Jahrhundert vergeblich auf die Veröffentlichung dieser Einsichten warte, weil ich es für sehr wichtig halte, dass die Gesellschaft – zumindest eine interessierte

Gruppe – ein Anrecht auf Teilhabe an den Erkenntnissen hat, die sie mir ermöglicht hat, kann ich sie hiermit endlich doch selber preisgeben, nachdem ich die Gedanken soweit fortentwickelt habe, dass sie keinen schädigenden Einfluss mehr ausüben werden. Entgegen dem ursprünglichen Konzept werden keine schockierenden Wahrheiten veröffentlicht, sondern der interessierten Leserschaft sollen Anstöße an die Hand gegeben werden, ihnen möchte ich das Tor zur Erkenntnis öffnen, damit sie sich eine eigene Meinung – aus anderer Perspektive – bilden kann, eventuell eine andere, als ihr aus Schulbüchern und Medien vorgegaukelt wurde ...
Viel Spaß bei der Lektüre! Barmstedt, den 27.11.1985.

1 – Einstimmung

Egal, ob du die leibhaftige Erfüllung eines Kinderwunsches deiner Eltern verkörperst, oder ob du das Ergebnis eines Seitensprungs, oder gar das Produkt einer Vergewaltigung bist, wenn dein Körper bei der Geburt denjenigen deiner Mutter verlassen hat, bist du ein Mensch, ein neues Lebewesen auf dieser Welt. Du bekommst einen Namen, Unterscheidungs- und Zugehörigkeitsmerkmale zur Gesellschaft, in welcher du nun aufwächst, und du wirst einem sozialen Umfeld einverleibt.
Du wirst mit Rechten ausgestattet, und dir werden Pflichten auferlegt. Dir wird eine Religion zugewiesen, du wirst auf das Leben in der Gemeinschaft vorbereitet, behütet, versorgt, erzogen. Dein angeborener Selbsterhaltungstrieb nimmt diese Zuwendungen meist gerne entgegen, aber er veranlasst dich auch dazu, selber aktiv zu werden. Anfangs verschaffst du dir Aufmerksamkeit durch fleißigen Einsatz deiner Stimmbänder und Tränendrüsen.
Später bewegst du dich auf deine Versorger und Erzieher zu, um deine Zuwendungen einzufordern, du rollst dich, krabbelst,

läufst zielgerichtet, und manchmal gibst du deinen Wünschen Nachdruck mittels Fußtritten oder Zupfen am Ärmel, Rockzipfel, Hosenbein … Die Reaktionen deiner Umgebung auf dein eigenes Verhalten machen dich spielerisch neugierig … Du erwirbst Kommunikationsfähigkeiten, angepasste Mimik, Gestik, Sprechen, Lesen, Schreiben.

Von Leuten, die nicht wissen, was gut ist, wird dir beigebracht, was gut sein soll. Der Weihnachtsmann bringt dir Geschenke, wenn du brav bist (aber auch, wenn du nicht brav bist). Der Klapperstorch bringt dir ein Schwesterchen (obwohl es im Bauch deiner Mutter heranwächst). Du siehst dich zum ersten Mal im Spiegel und fängst an, dir ein Bild von dir selbst zu machen.

Dein Religionslehrer behauptet, dass du in den Himmel kommst, falls du gut bist und an Gott glaubst. Er behauptet, Gott sei der Schöpfer der Welt, möchte dir aber nicht erklären, woher Gott selber kommt. Dir wird unterstellt, dass Du das ewige Leben anstrebst – und dass das angeblich alle Menschen tun. Auch wenn du das von dir bestreitest, du kannst gar nichts anderes wollen, und der Weg in den Himmel führt nur über den richtigen Glauben. (Kann Glauben überhaupt richtig oder falsch sein?)

Den richtigen Glauben hast du aber nur, wenn du die göttlichen Regeln einhältst, wenn du gut und fromm lebst. Allen – mir bekannten – Religionen gemein ist, dass ihre Anhänger glauben müssen, nicht wissen sollen, nicht zweifeln und hinterfragen dürfen.

Du bist endlich ein Mensch in der Pubertät, hast Klapperstorch und Weihnachtsmann vergessen und sollst keusch und züchtig nach Gottes Geboten leben. Die große Enttäuschung, die du überstehen musstest, als du erkannt hattest, dass der Weihnachtsmann eine reine Lüge war, hindert dich daran, nochmals die Frage nach Gott zu stellen. Aber, wenn du seine Gebote befolgen willst, dann musst du wenigstens diese kennen und wissen, was sie von dir verlangen. Du musst sie lernen und verstehen (erforschen, was gemeint ist).

Neben dem Erwerb von Gott gewollter Einsichten und Verhaltensstrukturen, geht dein Integrationsprozess in die Gesellschaft weiter. Du machst dir soziale Pflichten und Rechte zu Eigen, unterwirfst dich der Politik deines Landes und dem Konsumverhalten deiner Mitmenschen. Du paukst Regeln, Gesetze, Formeln und Vokabeln. Du schließt Freundschaften, erlebst Liebschaften und durchstehst Streitigkeiten. Du erlernst einen Beruf um deinen Lebensunterhalt bestreiten zu können, oder wirst Erbe.

Wenn du ein unauffälliges – im Sinne deiner Umwelt gutes – Leben führen willst, dann verhältst du dich rechtschaffen, fleißig, loyal. Du könntest aber auch erkennen, dass das für dich selbst nicht unbedingt gut ist, was für die anderen gut ist; dann versuchst du vielleicht, andere zu unterdrücken, auszubeuten …

Nachdem dir jahrelang permanent eingeimpft wurde, dass du in den Himmel kommen willst, also nach deinem Tode doch noch ewig weiterleben kannst, glaubst du es ja schließlich selbst und willst die Vorschriften Gottes einhalten, und zwar genau nach seinem Willen, in seinem Sinne.

Weil du ihn nicht kennst (und auch nicht direkt nachfragen kannst), kannst du aber nicht mit letzter Sicherheit sagen, ob du bei der Auslegung der Gebote nicht irrst (andere Vorstellungen hast als ihr Herausgeber). Gott sei Dank gibt es aber Berufene (Prediger, Gottesmänner, Nonnen, Priester, Pfarrer, Religionslehrer …), die man fragen kann. Denen ist man dann aber auf Gedeih und Verderb ausgeliefert, zum Beispiel in der christlichen Religion: Wenn die dir erklären: „Du sollst nicht begehren deines Nachbarn Weib", soll das heißen, dass du mit einer verheirateten Frau keinen Sex haben darfst. Damit ist aber nicht zwangsläufig gesagt, dass eine verheiratete Frau sich nicht von ihrem Nachbarn schwängern lassen darf (wenn der bereit ist, das Gebot zu missachten). Das Gebot sagt eindeutig aus, dass Männer nicht mit einer Ehefrau (außer der eigenen) Intimitäten austauschen dürfen, es verbietet aber nicht den Frauen selbst die freie Liebe.

Gott hatte jedenfalls mit der jungfräulichen Verlobten eines Anderen Unzucht getrieben, er hat Josefs Maria geschwängert, um Jesus zu zeugen. Wahrscheinlich war das voreheliche Keuschheitsgebot für Frauen damals auch noch nicht existent, denn dann hätte Josef mit Sicherheit an seiner Vaterschaft gezweifelt … Ob er je gemerkt hat, dass sein Sohn ein Halbgott war? (Können wir uns sicher sein, dass Maria damals tatsächlich Jungfrau war? Kann es nicht sein, dass bei der Übersetzung vom hebräischen Text ins Griechische oder vom Griechischen ins Deutsche einfach der Ausdruck „junge Frau" mit „Jungfrau" verwechselt worden ist?)

Wenn sich aber die weisen Männer jener Zeit darüber Gedanken gemacht haben sollten, dass es besser für sie sei, eine Jungfrau zu ehelichen, dann kannst Du den Verdacht bekommen, dass die angeblichen Gottesgesetze von listigen Männern in die Welt gesetzt wurden; denn früh muss die Menschheit erkannt haben, dass die Elternschaft der Welt sich aus den zwei Gruppen „Wissensgemeinschaft" der Mütter und „Glaubensgemeinschaft" der Väter zusammensetzt. Da aber – jedenfalls vom Ursprung des Fortpflanzungstriebes – die meisten Männer ihre eigenen Gene weitergeben wollten, eine absolute Kontrolle hingegen unmöglich war, mussten sie dafür sorgen, dass ihre Partnerinnen keinen Sex mit einem Nebenbuhler haben konnten.

Jede Mutter, die ihr Kind ausgetragen hat und es unmittelbar nach der Geburt in den Armen hält, kann sich sicher sein, dass in diesem Wesen ein Anteil ihrer Gene weiterleben wird, indes, der – eventuell auch bei der Geburt anwesende – Vater kann zwar glauben, dass er der Vater ist, bei der Zeugung könnte aber ein Anderer der Mutter Gesellschaft geleistet haben …

Was meint Gott, wenn er das Stehlen verbietet? Muss ich verhungern, weil ich von Nachbars Obstgarten die Äpfel nicht pflücken darf, die der sowieso nie erntet, während meine Mühen von einer Naturkatastrophe vernichtet wurden? Ist es wirklich gut, Vater und Mutter zu ehren, wenn ich von ihnen misshandelt werde, wenn ich weiß, dass ich ein äußerst unwillkommener „Unfall" in ihrem Liebesleben war …?

Warum soll ich nicht lügen, obwohl der Weihnachtsmann – eine der größten Lügen – mir erst die Geburt Christi schmackhaft gemacht hat? Für wen, und unter welchem Gesichtspunkt, sind die Gebote eigentlich gut?

Du kommst also gar nicht daran vorbei, irgendwann mal Ungereimtheiten zu entdecken und nachzuhaken. Wenn Du angeblich unbedingt in den Himmel kommen willst, musst du eigentlich erst einmal eine Vorstellung vom Himmel haben. Aber natürlich! Die hast du dir doch längst gebildet, hast eigentlich genügend Kindermärchen gehört oder sogar entsprechende Bilder gesehen. Du weißt ja inzwischen, dass du als süßes Engelchen auf einer kuschelig weichen Wolke zwischen den Sternen schweben wirst.

Dann fragst du dich, wann endlich die Erdkruste, insbesondere die Humusschicht aufgebraucht ist, aus der du geboren wurdest. Der Staub, aus dem du kommst und der Staub, in den du mit dem Tode zurückkehrst, wird ja bald gänzlich in Form von ewig lebenden Engeln im Himmel schweben. Dann ist nicht mehr genügend Material für Urenkelchen da, das Leben auf Erden wird zwangsläufig aufhören, aber jetzt geht es ja im ewigen Himmel weiter.

Inzwischen stellt sich dir auch die Frage, warum du lebst. Eine Antwort ist natürlich: „Weil deine Eltern dich nach Gottes Willen gezeugt haben, und weil du lebensfähig bist." Dann hakst du nach, wozu, wofür, mit welchem Ziel? Es kommen die langen schlaflosen Nächte, in denen du über Zeit und Raum nachdenkst, besondere Schwierigkeiten bereitet dir die Unmöglichkeit, die Grenzen des Alls zu erfassen. Du fragst dich, wozu das alles und suchst Anfang und Ende.

Du siehst schließlich ein, dass es einen Schöpfer, eine Schöpferin, oder eine Schöpfung gegeben haben muss. Du begibst dich auf die Suche nach der Wahrheit, auf Entdeckungsreise durch das Tor der Erkenntnis, wirst Forscher, Wissenschaftler, befasst dich mit Sprachforschung, Mathematik, Physik, Chemie, Anatomie, Philosophie usw., bis die Kapazität deines Gehirns zu fünfzehn Prozent ausgelastet ist.

Du hast bis dahin gelernt, hauptsächlich in drei Dimensionen zu denken und zu begreifen, du akzeptierst, dass dein Leben mit der Geburt begann und mit dem Tode aufhört. Vielleicht fragst du jetzt aber auch: „Stimmt das?" Die Antwort gibst du dir selbst: Vor deiner Geburt waren Eltern, Großeltern, Urgroßeltern. Wenn du eigene Kinder hast, werden deine Urenkel dieselbe Feststellung machen, dann wirst du Vergangenheit sein.

Bei deiner Geburt hast du instinktive Verhaltensweisen mitbekommen, welche erforderlich sind, deine Lebensfähigkeit zu garantieren. Anknüpfend an die Instinkte hast du Erfahren, Erkennen, Begreifen und Nachdenken gelernt, alles aus dem Zugriffsbereich deiner fünf Sinne. Mit jedem Lebensjahr wirst du schlauer.

In deinem Kopf verknüpfen sich Eindrücke, Erkenntnisse und Erfahrungen. Sie verschmelzen mit Instinkten zu Gefühlen und regen zum Denken an. Begeistert stellst du fest, dass dein Geist durch deinen Instinkt geprägt wird, dass dein Verstand auf das Gehörte, deine Einsichten auf das Gesehene zurückzuführen sind. Begreifen kannst du mit den Händen, Schmecken, Riechen und Tasten bilden im Verbund mit Hören und Sehen die Grundlage für das aktive Nachdenken.

Mit deinen (fünf?) Sinnen und den dir zur Verfügung gestellten (drei?) Dimensionen fühlst du dich wohl, kannst damit die Natur erforschen, kannst das Leben genießen. Längst hast du erkannt, dass deine märchenhaften Vorstellungen von einem zukünftigen Leben im Himmel so nicht haltbar sind. Mit deinem wissenschaftlichen Vordringen in den Mirokosmos und Makrokosmos hast du deinen Horizont erweitert und wirst keine Engel mehr am/im Himmel suchen. Nun wird deine Vorstellung vom ewigen Leben erschüttert. Du denkst: „Wenn nicht als Engel, dann aber doch irgendwie!"

Du stimmst in den Chor derer ein, die die Endlichkeit unseres Daseins bedauern und fragst dich, wieso du eigentlich lebst. Lebst du in Gott, mit Gott, durch Gott? Du willst die Wahrheit wissen: Sind Gott und Wahrheit identisch? Gibt es eine Wahrheit neben Gott? Die Fragen nach dem „Woher", „Wohin" und „Warum" lassen dich nicht los. Wenngleich das „Wohin" noch in unergründlich weiter Ferne liegen kann, so muss es doch einen Anfang gegeben haben, eine Schöpfungsgeschichte.

2 – Die Frage nach dem Anfang (und dem Ende)

Wenn wir eine Reise unternehmen, setzen wir gewöhnlich das Verlassen unserer Wohnung als Anfang, die Rückkehr in die Wohnung als Ende der Fahrt. Anfang und Ende sind hierbei sowohl zeitliche, als auch räumliche Begriffe. Und es gibt noch viele Beispiele, anhand derer wir eine zwangsläufige Überlagerung von Zeit und Raum oder zumindest deren gegenseitige Abhängigkeit beweisen können. Kann man sich überhaupt Zeit ohne Raum vorstellen? Oder wäre Raum ohne Zeit denkbar?
Für unsere Reise können wir exakte Maßangaben machen, z. B. können wir vom Abschließen der Haustür bis zur Wiederöffnung dreißig Tage, elf Stunden und vierzehn Minuten unterwegs gewesen sein und haben 4.621 Kilometer zurückgelegt. Wenn wir den Beginn der Reise aber mit dem ersten Urlaubstag gleichsetzen, mit den Vorbereitungen, oder erst mit dem Passieren der Landesgrenze, wird die zeitliche und räumliche Zuordnung schon schwierig, ist aber noch machbar. Wir können alles nachmessen und theoretisch Rechenschaft über alle mit dem Erlebnis zusammenhängenden Veränderungen abgeben: Geldausgaben, Erholungseffekt, Kalorienverbrauch, Horizonterweiterung … usw. Tatsache, Verlauf und Wirkung könnten exakt nachgeprüft werden.
Schwierig wird es erst, wenn jemand nach dem Grund der Reise fragt oder wie sie möglich wurde. Dieses lässt sich nicht einfach

damit beantworten, dass der Urlauber gerade arbeitsfrei, dass er Geld übrig hatte, dass er eine Bildungsreise unternehmen wollte, dass er gesund und reisefähig war. Einerseits kann die Begründung darin liegen, dass die Reise überhaupt möglich war, weil sie im Angebot eines Anbieters lag, aber auch, weil es das Ziel, das Hotel, den Strand, die Insel gibt. Sie konnte aber auch nur stattfinden, weil es den Urlauber selbst – mit dem Willen zur Reise – und entsprechende Transportmittel gibt.

Die Existenz des Urlaubers (oder der Insel, des Hotels usw.) muss aber auch wieder eine Ursache haben. (Eltern, Menschheitsgeschichte, Evolution, Urknall oder Schöpfergott …) Irgendwo muss es einen Anfang gegeben haben … Und hier fangen meine Zweifel an. Die Theologen lassen einen (fälschlicherweise männlichen) Gott das Universum erschaffen, sie erklären damit aber nicht den wirklichen Anfang, woher kam denn der Schöpfer? Woher nahm er den Lehm, aus welchem er uns schuf, mit welcher Knetmasse hat er gespielt?

Einige Wissenschaftler schwören deshalb auf einen Urknall, sie können angeblich sogar schon beweisen, dass der tatsächlich stattgefunden haben soll, vielleicht sogar sich bis heute immer noch fortsetzt, aber woher der erste Anstoß gekommen sein soll und woher das erste Fünkchen, das verschweigen sie. Wenn wir den Anfang gefunden haben, werden wir auch in der Lage sein, mit unumstößlichen wissenschaftlichen Methoden das Ende des Universums zu bestimmen; was heute messbar, sichtbar und fühlbar ist, ja, alles löst sich eines Tages wieder in Nichts auf?

Wenn ich heute mit einem Metalllineal den Durchmesser eines frisch gezimmerten Holztisches messe, wenn ich dieses Lineal auf der Platte liegen lasse und nach dreißig Jahren zurückkomme, werde ich feststellen, dass das Maß nicht mehr stimmt. Entweder kann ich daraus schließen, dass ich falsch gemessen hatte, dass die Tischplatte schrumpft, oder dass das Lineal wächst. Vielleicht treffen aber auch alle drei Möglichkeiten zu. Wenn ich nun festlege, dass das Holz schrumpft, kann ich tausend entsprechende Versuche ausführen und werde immer bestätigt. Bei derselben Versuchsanordnung werde ich auch bestätigt, wenn ich festlege, dass das Lineal wächst.

Meine Denkweise ist ergebnisbezogen, und wenn ich in der ersten bestätigten Annahme rein theoretisch weiter forsche, wird in ferner Zukunft der Tisch weggeschrumpft sein. Das widerspricht aber allen inzwischen erworbenen biologischen, chemischen, physikalischen Erkenntnissen, es wird einen Punkt geben, wo das Schrumpfen ein Ende hat. Wenn ich aber allein von einem Trend auf das absolute Endergebnis schließe, kann ich zu dem irrigen Schluss gelangen, dass – alleine aufgrund des Schrumpfens der Tischplatte – eines Tages zwangsläufig das Aus für sie erreicht sein wird, dass sie von der Bildfläche verschwindet. Das könnten wir uns aber beim besten Willen nicht vorstellen, wir wissen, dass sie nicht einfach weg ist, sondern sich allenfalls in Luft aufgelöst hat, in ihre Einzelteile zerfallen ist und ihre Moleküle, Atome (vielleicht noch unerforschte Untereinheiten) an andere Gegenstände, Sachen, Leben, abgegeben hat.

Wir haben erkannt, dass im ganzen Universum ein Geben und Nehmen, ein Werden und Vergehen, ein Geborenwerden und Sterben ist. Alles um uns herum fängt scheinbar irgendwo an und hört irgendwann auf. Alles fängt irgendwann an und hört irgendwo auf, oder es fängt irgendwo an und hört irgendwo auf, oder es fängt irgendwann an und hört irgendwann auf.

Das ist unsere Logik – alles hat einen (räumlichen oder/und zeitlichen) Anfang (analog natürlich auch ein Ende). Weil wir uns den Anfang beim Universum nicht vorstellen können, unterstellen wir einfach, dass – wie bei dem Trugschluss mit der Tischplatte – eine zeitlich und räumlich begrenzte Geschichte auch für das Weltall zutreffen muss.

Das glaube ich nicht! Es ist doch genau so logisch, anzunehmen, dass alles Vorhandene schon ewig war, nie entstanden sein muss, wie die Annahme, dass das Nichts alles hervorgebracht haben soll! Ich behaupte, Zeit und Raum sind unbegrenzt (Unendlichkeit und Ewigkeit), aber auch die unermessliche Materie und Energie sind niemals entstanden, sie wechseln lediglich ständig ihr Gesicht, ihre Konsistenz, ihre Aggregatzustände; wobei nicht sicher ist, ob Materie und Energie tatsächlich verschiedene Fakten sind, vielleicht handelt es sich ja um das weibliche und männliche Geschlecht der Urmaterie? Oder ist Energie einfach flinke Materie, und Materie träge Energie?

Aber es muss auch keine erste Bewegung gegeben haben, der Urknall wäre eine einzige von unendlich vielen Urbewegungen. Dann würde es nicht schaden, wenn Gott die Dynamik schlechthin wäre, dann wäre die Dynamik die ewige Anziehung zwischen weiblichen und männlichen Energien, der ewige Kampf um mehr Materieanteile – ewiges Fressen – oder die ewige Verteidigung gegen die Belagerung durch Energieanteile – ewiges Abstoßen. Das erzeugt Leben, das ist Leben.

So ist zwar ein Anfang für unser Sonnensystem, oder für den heutigen Zustand des Universums, denkbar; aber nicht aus Nichts entstanden! Das Universum bringt Leben hervor, weil es selber lebt! Der Unterschied zwischen dem Leben des Universums und dem des Menschen besteht lediglich darin, dass das menschliche – und alle anderen Leben – wiederum ein (allerdings räumlich und zeitlich begrenztes) Unterleben, ein Teilleben innerhalb der Ewigkeit ist.

Das Universum lebt ewig, Unendlichkeit, Ewigkeit, Dynamik und Materie/Energie haben nie begonnen und werden nie enden, haben keinen Anfang und kein Ende! Deswegen ist die Frage nach der Entstehung des Universums überflüssig, allenfalls kann die Entwicklungsgeschichte einzelner – zeitnaher – Epochen von Interesse sein. Eine erste Epoche – als absolut Erste – hat es nie gegeben.

3 – Die Wiedergeburt und das ewige Leben

Man kann aus einem Ruinenhaufen wieder ein Haus aufbauen. Wenn alle Teile noch vorhanden sind und der entsprechende Bauplan noch existiert, kann man das Gebäude sogar originalgetreu wieder herstellen. Das gilt für alle Sachen: ein Pullover kann aufgerebelt und wieder neu gestrickt werden, eine Maschine kann in ihre Einzelteile zerlegt und wieder zusammengesetzt werden …

Wenn wir aber einen Wald abholzen, können wir den nicht mehr – jedenfalls nicht mehr sinnvoll – zusammensetzen. Wir können allenfalls wieder aufforsten, neue Bäume pflanzen, ihn ersetzen. Wir können ein Huhn schlachten und die letzten Eier, die es gelegt hat, von einer Glucke ausbrüten lassen. Das aufgegessene Huhn wird nie mehr auf dem Misthaufen scharren, aber von den Küken könnte ihm eines nach zwei Jahren so sehr ähneln, dass die von einer Weltreise zurückgekehrte Tante Stein und Bein schwören wird, dass es sich bei dieser Henne eben genau um jene Agathe handelt, welche ihr zum Abschied ins Bein gepickt hatte.

In manch einem Schlossgarten steht das steinerne Abbild seines ehemaligen Besitzers (der schon vor fünfhundert Jahren verfault ist). Das Denkmal zeigt aber noch nach einem halben Jahrtausend dieselben Gesichtszüge wie damals. Der Auftraggeber, dessen in Stein gemeißelte Stirnfalten wir heute noch ehrfürchtig bestaunen, hatte vielleicht von Wiedergeburt und ewigem Leben geträumt, hatte gehofft, nach seiner Reinkarnation eines Tages wieder vor seine eigene Statue treten zu können. Darauf wird er aber – im wahrsten Sinne des Wortes – ewig warten!

Die Wiederherstellung eines Gebäudes aus dem Abrissmaterial und die Rekonstruktion einer Maschine oder einer Statue ist beliebig oft möglich, wenn nur die ursprünglichen Bestandteile noch vorhanden sind. Aber, selbst wenn alle Moleküle – ja, sämtliche Atome – eines Verstorbenen jemals vollzählig wieder an einem

Ort so zusammentreffen würden, wie sie beim Tode existierten, könnte dies allenfalls eine ganz kurzfristige Wiederentstehung der Statue des damaligen Individuums sein. Menschen (und alle Lebewesen) unterscheiden sich ja gerade dadurch von den Sachen – den so genannten toten Dingen – weil wir uns ständig erneuern. Wir tauschen durch Atmung und Verdauung ständig Körperbestandteile mit der Umwelt aus. Wir sind keine Statuen, wir sind Geschehnisse. (Natürlich sind auch die von uns als tot verstandenen Sachen nicht ganz immun gegen Umwelteinflüsse und im weitesten Sinne doch lebendig, das kann bei dieser Betrachtung aber vernachlässigt werden.) Wenn wir also eine Wiedergeburt als „Reinkarnation" anstreben, dann müssten wir ein Ereignis mit identischer Körperlichkeit in identischer Entwicklungsfolge erreichen. Vom ersten Babyschrei bis zum letzten Atemzug müsste dieselbe Nahrung aufgenommen werden, müssten dieselben örtlichen und zeitlichen Rahmenbedingen herrschen, wie im vorigen Leben. Das wäre aber nur möglich, wenn die Zeit sich zurückentwickeln könnte. Wenn du meinst, dass der Blick in dein Spiegelbild eine Wiedergeburt ist ...
Versetze dich in ein Sandkorn innerhalb einer Wanderdüne; wie viele Male muss die Düne um die Erde wandern, bis du evtl. wieder an genau demselben Ort platziert bist wie heute? Und selbst dann kann ich nicht von „Wiedergeburt" sprechen, weil ja Zeit vergangen ist. Wenn du mit einem Ball eine Fensterscheibe einwirfst, ist das ein einmaliges Ereignis; du kannst zwar noch tausend Scheiben mit demselben Ball einwerfen, aber dieselbe Scheibe mit demselben Wurf nie wieder – und schon gar nicht zur selben Zeit! Dein Leben ist ein einmaliges nie wiederkehrendes Ereignis. Du bist nur ein Sandkorn in einer Wanderdüne oder ein Ballwurf im Weltgeschehen.
Deine Wiedergeburt kannst Du getrost abschreiben! Und das ewige Leben? Ewig würde ja bedeuten, du hast nie angefangen zu leben und wirst nie aufhören zu leben. Den Widerspruch

kannst du auflösen: die Ewigkeit der Zeit und die Unendlichkeit des Raums sind Fakten,(einfach da). Zeit ist ohne Raum nicht denkbar, und umgekehrt. Raum und Zeit wären ohne Materie und Dynamik aber auch nicht vorstellbar.

Wenn es auch sehr schwer fällt, Dynamik und Materie/Energie sind möglicherweise unbegrenzt. Dein Leben besteht aber aus dem körperlichen (dem plastischen, chemischen, biologischen, physikalischen und sensorischen) Teil und aus deinem Lebenslauf (zeitliche Abfolge und Verhältnis zur Umwelt). Also, da musst du auch Zeit und Raum betrachten. Wir erleben und verstehen unsere Existenz eben nur dreidimensional, auf die fünf Sinne abgestimmt, mehr ist für unser Überleben nicht notwendig, damit ist ein „ewiges Leben" nur unter Zuhilfenahme weiterer Sinne und Dimensionen denkbar – vielleicht haben die Religionsstifter darunter Gott verstanden.

Sowohl dein Lebenslauf als auch deine körperlichen Veränderungen werden, zeit- und raumgebunden, so nie mehr stattfinden, wie sie bis jetzt geschehen sind. Die haben nämlich einen Anfang und ein Ende, aber vor deiner Geburt war was, wodurch du entstanden bist, und nach deinem Tode wird das Material, aus welchem du bestehst, für neues Leben gebraucht, und dein Wirken könnte noch Folgen haben. Insofern kannst du dich als ewig lebend betrachten, einfach, weil du materiell – in anderer Form – weiter existierst und dein Handeln Eindrücke hinterlässt.

Du kannst dazu beitragen – zwar nicht tatsächlich ewig – aber doch weit über deinen Tod hinaus zu leben, wenn du dafür sorgst, im Gedächtnis der Nachwelt zu bleiben oder im Handeln in der Nachwelt weiter zu wirken; wenn du es also fertig bringst, dich in den Kreis der so genannten Unsterblichen einzureihen – wenn du es schaffst, berühmt zu werden.

4 – Seelenwanderung

Keine Wiedergeburt – und das ewige Leben, jeglicher Sinnlichkeit beraubt, nur als Nachwirkung und materiell aufgeteilt auf Schnecken oder Rosen, vielleicht ein paar Moleküle in der Leber einer späteren Berühmtheit. Gott sei Dank lebt deine gespendete Niere noch eine halbe Generation weiter. Deine Hoffnung ruht nun auf der Seele, die soll ja wandern. Doch noch ewiges Leben! Nur in einem anderen Körper!
Wenn dein toter Körper, entseelt, als Leichnam, der Erde zur Wiederverwertung zurückgegeben und dein Geist in den Erinnerungen der Nachwelt weiter getragen wird, dann sucht sich deine Seele einen schönen neuen Wirt. Vielleicht einen Prinzen, eine Sängerin? Die Seele ist ja in jedem Falle unsterblich und findet immer neue Körper. Aber, was ist denn die Seele eigentlich? Wer hat sie je gesehen?
„Ich möchte es wissen, ehe ich von der Weltbühne abtreten muss! Ich muss Vorkehrungen treffen, bevor es zu spät ist!" Du fragst zunächst deine Freunde: „Nee, so genau weiß ich das nicht, aber man könnte ja mal versuchen, über den Ursprung des Begriffs zu dessen Bedeutung zu gelangen. Wer hat ihn zuerst gebraucht, wer das Wort in die Welt gesetzt?" Goethes Doktor Faust hatte ja sogar zwei Seelen in seiner Brust; und wie war das mit dem Ablasshandel im Mittelalter? Von daher wissen wir also, dass einem Individuum mehrere Seelen innewohnen können, aber wie sie gebaut sind, aus welchem Stoff sie bestehen, hat noch niemand so richtig erklärt.
Lediglich, dass die Seele mit deinen Sinnen zusammenarbeitet, denn irgendwie wird sie immer mit Gefühl in Zusammenhang gebracht. Wenn wenigstens meine Gefühle nach meinem Abtritt weiterleben würden. Aber kann Sinnlichkeit ohne Körper existieren? Du schaust vergeblich in das Anatomiebuch, du fragst den Pathologen, ob er dir nicht eine Seele zeigen kann. Der schüttelt den Kopf, aber er verweist dich an den Pfarrer. Der Geistliche bestätigt dir, dass die Seele nach deinem Tod in den

ewigen Himmel zu Gott aufsteigt; dass sie hier einen anderen Körper besiedeln soll, will er so nicht anerkennen. Beschreiben kann er sie auch nicht, aber dass sie unsterblich ist, das hörst du jetzt noch mal aus berufenem Munde.
Du willst das gerne ausdiskutieren: „Wenn Sie wissen, dass die Seele unsterblich ist, dann müssen Sie mir doch auch sagen können, wie sie aussieht?"
„Das weiß Gott, der nimmt sie wieder zu sich ins Himmelreich, wenn Sie gottesfürchtig, fromm und demütig gelebt haben!"
„Das ist keine Beschreibung!"
„Sie sitzt in der Brust, im Herzen, beten Sie, dann können Sie sie spüren!"
„Zum Teufel! Das ist doch keine Erklärung!"
„Ja, da kommen Sie hin, zum Teufel in die Hölle, wenn Sie so weiter machen! Ich werde für Sie beten!"
„Was soll meine Seele im Himmel?"
Du rennst nach Hause, durchwühlst das Bücherregal und schaust in die Wörterbücher, blätterst das Biologiebuch durch und versuchst in deiner Verzweiflung dein Glück sogar im Chemiebuch, im Mathematikbuch, im Physikbuch …
Und siehe da, du wirst fündig! Formeln, Formeln, Formeln! Dir kommt die Erleuchtung! Die Seele ist ein Naturgesetz! Anwendbar auf jedes Lebewesen! Es ist die allgemein gültige Formel, die das Zusammenwirken von Geist und Körper, von Nerven und Muskeln, von Gehirn und den fünf Sinnen regelt, eine biologisch-chemisch-physikalische Formel. Wie der Satz des Pythagoras auf jedes rechtwinklige Dreieck zutrifft, so trifft die Seele auf jedes Lebewesen zu! Die Seele ist ewig! Jawohl …

5 – Die Wahrheit

Wenn diejenigen Menschen, die ein Wort geprägt haben, immer auch eine Beschreibung dazu gegeben hätten, was damit gemeint

war, bräuchten wir uns nicht mit Begriffen auseinandersetzen, die jeder verwendet, aber jeder etwas anderes darunter versteht. Was bedeutet Wahrheit, hat es mit Wissen und Glauben zu tun? Steht sie über Allem? Gibt es eine absolute Wahrheit? Wenn es die gäbe, müsste es auch eine allgemeingültige Lüge geben ... aber Spaß beiseite:
Scheinbar gibt es eine theologische, eine wissenschaftliche und eine richterliche Wahrheit. Solange eine Behauptung nicht widerlegt werden kann, ist sie wahr; was sich mit unseren Sinnen und mit technischen Raffinessen durch physikalische, biologische und chemische Vorgänge beweisen lässt, ist wissenschaftlich wahr; ein Richter fällt ein Urteil, wenn er – eventuell mit Unterstützung von Kriminalisten und Detektiven – herausgefunden hat, dass eine Tat nur einem Verdächtigen zugeschoben werden kann.
Wahrheit ist immer das Ergebnis logischer Folgerungen, Untersuchungen und Prüfungen. Sie stellt zumeist den Beweis einer Behauptung oder Annahme dar. Wir tasten uns an die Wahrheiten heran mit der Beantwortung verschiedener Fragen: warum, wofür, weshalb, wodurch, womit, wieso, wer, wie, was, wann ... Weil es keine absolute, allgemeingültige und allumfassende Frage gibt, kann es auch keine einzige absolute Wahrheit geben. Auch muss eine Wahrheit uns wenigstens über mindestens einen unserer fünf Sinne zugänglich sein, wenn es aber eine absolute Wahrheit gäbe, müssten wir diese auch in Übereinstimmung mit den Empfindungen außerirdischer Intelligenzen bringen können.
Wer sagt aber, dass die Kulturen in anderen Welten – die im weiten Universum sicher existieren – dieselben Dimensionen und dieselben Sinne haben wie wir? Vielleicht kennen sie sieben Dimensionen und verfügen nur über drei Sinnesorgane; vielleicht gibt es aber auch zwölf Sinnesorgane?
Dich können also nur irdische Wahrheiten interessieren. Bezogen auf dein Leben kannst du einige Fragen beantworten, so-

lange sie sich auf die Zeitspanne zwischen deinem ersten Schrei und deinem ersten Atemzug bei deiner Geburt einerseits und deinem letzten Aufbäumen und letzten Ausatmen auf dem Sterbebett andererseits beziehen. Sehr gute Ergebnisse wirst du auch mit den Fragen nach deinem Dasein innerhalb der Gesellschaft erzielen. Du lebst, weil dein Vater seine Gene weitergeben wollte, weil deine Mutter ein Kind wollte, weil deine Urenkel nicht sein können, wenn du die Tradition des Fortpflanzungstriebes nicht fortsetzt …

Du lebst um zu arbeiten, der Gesellschaft zu dienen – oder umgekehrt. Aber die Frage nach dem Sinn deines Lebens – außerhalb der Frist als Lebewesen – ist so sinnvoll wie die Frage nach deinem lustvollen Empfinden bei einem Schäferstündchen. Hast du schon einmal daran gedacht zu fragen, warum du dich so herrlich befriedigt aus einer Umarmung gelöst hast? Hast du schon einmal gefragt, warum du überhaupt essen solltest, wenn du doch wieder Hunger kriegen wirst; warum du schlafen sollst, wenn du doch wieder müde wirst …? Zunächst nimmst du das (Er-)Leben einfach wahr. Viele Menschen genießen das und fühlen sich damit – mehr oder weniger – glücklich und zufrieden. Es gibt aber immer wieder Gelegenheiten – Ereignisse – wo etwas schief läuft, wobei das persönliche Wohlbefinden einen Dämpfer erhält.

Einer der vielen Anlässe ist zum Beispiel der Tod eines Bekannten oder Verwandten. Dann wird einem bewusst, dass man selber ja einmal auch die Bühne des Weltgeschehens verlassen muss, dass die eigene Zeit des Genießens unweigerlich enden wird wie ein Kinofilm. Das Filmende akzeptieren wir ohne Murren, aber das eigene Ende wirft Fragen auf; man begibt sich auf die Suche nach den Gründen, den Zusammenhängen, dem Sinn und Zweck des Ganzen.

Das ist der Punkt, an welchem man vom reinen – realen – Erleben in die Ebene der Theorie und Forschung übertritt. Das Alltagserleben wird teilweise überlagert – damit leider auch

abgeschwächt – durch Theorie und Spekulationen. Indem wir die geistige Pforte vom Erfahrungsalltag zum Besinnungsalltag durchschreiten, wenn wir aus dem Paradies der unschuldigen Empfindungen in die Welt der Erkenntnis eindringen, dann merken wir bald, dass jede Entdeckung neue Fragen aufwirft, dass die Pforte zur Erkenntnis zu einem unendlichen tunnelartigen Gewölbe anwächst, bei welchem hinter jedem Tor ein weiteres Licht dunkle Geheimnisse beleuchtet, sichtbar macht.
Und am Ende deines Lebens, wenn dich der Sensenmann durch die Pforte von der göttlichen Erlebenswelt, der Wirkenswelt in das Totenreich schubst, auf der Schwelle vom Geschehen zum Sein wirst du die Erkenntnis mit in den Staub hinübernehmen, dass es kein Ende gibt. Also, warum lebst du eigentlich, wenn du doch mal sterben musst? – Hier liegt der logische Fehler für die Frage; du bist nicht der Fußball, mit dem der Elfmeter geschossen wird! Du bist das Ereignis selber, der Treffer vom Anstoß des Schützen bis zum Auftreffen am Netz! Der Sinn deines Lebens war also der Siegtreffer! Und dieser ist einmalig, man kann noch lange darüber reden, ihn im Film ansehen …
Dein Leben hat also den Sinn, den du ihm selbst gibst. Der Ball ist die vorausgesetzte Materie, der Film vom Torschuss das Ergebnis; die Flugbahn selbst mit ihrer Luftverdrängung, Lautentwicklung, Energieübertragung … und der Siegeswille des Schützen sind der Sinn. (Wenn du gläubig bist, dann kannst du Gott an die Stelle des Schützen stellen.)
Du kannst deinem Leben den Sinn zuteilen, einfach – als Statist – ein passives Glied in der Kette der Evolution zu sein; du kannst einen göttlichen Auftrag an dich reißen oder aus purer Naturliebe in das Zeitliche eingreifen, du kannst dich intensiv mit der Vergangenheit beschäftigen oder weit in die ferne Zukunft spekulieren; oder auch einfach die Gegenwart leben – erleben …!
Es gibt aber keine Fragestellung, die die Wahrheit für den Sinn deines Lebens beantworten lässt. Kannst du dich nicht damit zufrieden geben, dass du einfach ein Ereignis bist, ein Gesche-

hen im Weltgeschehen, weil die Evolution dich wollte? (Weil Gott dich wollte?) ... Du bist einfach wahr!

6 – Kultur, Religion, Totenkult

Da Menschen offenbar nie Einzelgänger waren und nur in Sozialverbänden überleben konnten, haben sie wohl ziemlich früh Regeln für das Miteinander entwickelt. Unsere Ahnen bildeten Kulturen. Darunter verstehen wir allgemein in erster Linie alle Maßnahmen, die dazu dienen, der Natur Güter abzugewinnen – Ackerbau, Viehzucht, Forstwirtschaft – aber auch sämtliche geistigen und künstlerischen Errungenschaften eines Volkes und die jeweilige Gesellschaft selbst.

Jede Kultur ist dabei andere Entwicklungsschritte gegangen, hat unterschiedliche soziale und wirtschaftliche Maßstäbe gesetzt, unterschiedliche Sprachen entwickelt und unterschiedliche Forschungsschwerpunkte gefördert. Daraus ergaben sich auch die unterschiedlichen Entwicklungen in Politik und Kunst. Fast allen gemein ist aber, dass sie das Dasein nicht einfach so hinnahmen, sondern an Schöpfung und übernatürliche Mächte glaubten.

Wohl kaum ist jemals ein Mensch auf die Idee gekommen, dass seine leibliche Mutter allein der Ursprung seines Daseins war. An eine Vaterschaft haben die ersten Menschen vielleicht sowieso nicht gedacht. Aber die – heute noch nicht beantwortete – Frage nach dem Ursprung und dem Ziel menschlichen Lebens spukte wohl, seit die ersten Gedanken aufkamen, in den Köpfen unserer Artgenossen.

Auch die Sorgen um das tägliche Brot, um Gesundheit und Sicherheit, erforderten Beistand. Wo die Mitmenschen nicht weiterhelfen konnten, wurde die Natur bemüht, wurden die Elemente und die Gestirne herangezogen. Sets gab es Vordenker oder Propheten, deren einmal in die Welt gesetzte Behauptungen von der breiten Masse – natürlich mit Ausnahmen, insbesondere, wenn eine andere Erkenntnis ersetzt werden musste – akzeptiert wurden. So entstanden Regeln, Gesetze, Götter, Religionen, Kulte.

Das Zusammenleben erfordert einfach Regeln, das kennt jedes Kind von Gesellschaftsspielen, das weiß jeder Sportler auch. Von Zeit zu Zeit müssen diese den veränderten Bedingungen angepasst werden. Dasselbe gilt für Gesetze. Wir brauchen sie einfach für ein geordnetes Miteinander. Aber die Götter: Sie offenbaren sich uns, weil sie unseren Gehorsam fordern; sie entspringen aus spürbaren Naturgewalten oder aus Sinnestäuschungen. Ihre Regeln sind undurchschaubar, und ihre Gesetze sind unsere Gebote – meist verkündet von männlichen Propheten.

Der Mensch schuf sich Götter – um seine Existenz zu erklären – um Beistand in seiner Ohnmacht gegenüber der Naturgewalten zu bekommen … bis er den Widerspruch erkannte, dass nicht wir Götter schaffen können, sondern dass allenfalls wir das Werk von Göttern sein können. Abraham erkannte sogar, dass es nur einen Allmächtigen geben kann. Moses und weitere Propheten und Prediger verkündeten das dann in alle Welt.

Sie gründeten Religionen. Religionen sollen alle Lebensfragen beantworten, sie wollen die Frage nach der Wahrheit nicht wissenschaftlich beantworten, sondern mit Glauben. (Die Wissenschaft ist weiblich, der Glaube männlich! Merkt ihr was, Mütter und Väter?) Glaube kann aber niemals falsch sein (außer, wenn der Vaterschaftstest ihn widerlegt, oder bestätigt; dann ist es aber nicht mehr Glaube, sondern Wissen).

Einen falschen Glauben – als solchen – kann es also nicht geben. Deswegen sind Religionskriege völliger Blödsinn. Ein Blinder erkennt sogar, dass zumindest Allah, Gott und Jahwe identisch sind. Nur der Weg zu ihnen ist verschieden. Du akzeptierst doch, dass dein andersgläubiger Kollege eine andere Sprache spricht, einen anderen Dialekt als du, dass er seiner Heimatstadt einen anderen Namen gibt als du deiner; warum soll er seinen

Gott nicht anders nennen? Warum soll er nicht einen anderen Weg dahin einschlagen als du? Bist du dir wirklich sicher, dass nicht du Derjenige bist, der den Umweg geht? Wichtig ist doch, dass ihr das gleiche Ziel anstrebt. Ob du mit dem Auto fährst oder mit dem Motorrad, ist doch nur Geschmackssache. Und Gott sei Dank sind die Geschmäcker verschieden, sonst wäre das Leben tatsächlich unerträglich langweilig ...
Worüber du dir eher Gedanken machen solltest, ist die Auslegung der göttlichen Befehle hier auf Erden. Auch wenn man nicht nach Gott fragen darf; aber dass Allah, Jahwe, Gott nicht einfach männlich sein kann, das dürfte selbstverständlich sein.
Es ist aber schon ein bisschen seltsam, dass alle Propheten dieses einzigen Gottes männlich waren. Haben sie bei der Wiedergabe seiner Befehle vielleicht ein wenig geirrt? Wurden Gottes Gebote durch seine Propheten – natürlich aus Versehen – aus rein männlicher Sicht weitergeben? Mir ist keine einzige weibliche Prophetin bekannt, schon gar keine, die ein Frauen benachteiligendes Gebot verkündet hat. Komm mir aber bloß nicht mit den harmlosen Mädchen, die in Erkenntnis dieser Tatsache vor lauter Nachgrübeln Marienerscheinungen erleben, die fördern damit nur die Tourismusbranche, aber sie verkünden keine Moralgesetze.
Obwohl deine Mutter die Hauptlast für deine Geburt auf sich genommen hat, während es für deinen Vater lediglich ein vergnüglicher Zeugungsakt war, soll das Weib dir untertan sein? Meinst du, deine Mutter hat weniger Gene in dich investiert als dein Vater? Warum sollen Männer mehrere Frauen haben dürfen, obwohl sie meistens schon bei einer schlapp machen, während viele Frauen – biologisch gesehen – ohne Weiteres zwei und sogar drei Herren beglücken könnten? Hat Gott die Frauen nur zu Gebärmaschinen geschaffen und zum Vergnügen der Männer? Dürfen Frauen kein Vergnügen haben? Wer hält dich in den ersten Lebensjahren überhaupt am Leben, wer bereitet dich auf das Leben vor? Meinst du, was dir von deiner Mutter widerfahren ist, das tun andere Frauen nicht für andere Kin-

der? Sind Jungen mehr wert als Mädchen, obwohl bei ihnen ein Chromosom verstümmelt ist? Ist das Y-Chromosom nicht tatsächlich ein verstümmeltes X-Chromosom? Ist der Mann aus der Rippe des Weibes erschaffen worden? Egal …
Wenn Männern auch angeblich mehr Logik zugesprochen wird als Frauen, so ist es doch ziemlich unlogisch, eine ganze Hälfte einer Kultur zu unterdrücken, um unbeschwert dem Ziele der Vervollkommnung entgegen zu ziehen. Welcher Hürdenläufer käme auf die Idee, während des Wettlaufs mit der rechten Hand das linke Bein zu bremsen? Aber genau so verhalten wir uns, wenn wir nur den männlichen Teil beschleunigen, wir behindern damit selber unsere vollkommenen Entfaltungsmöglichkeiten.
Wenn man die männlich geprägten Regeln und Moralgesetze durchleuchtet, fällt eindeutig auf, dass alles auf eine einzige Angst zurückzuführen ist, die Angst, dass er die Kontrolle darüber verlieren könnte, wer seine Frau schwängert. Das dürfte im Zeitalter der Geburtenkontrolle und der heutigen Auswahl von Verhütungsmethoden eigentlich überholt sein.
Das könnte man jetzt immer weiter spinnen und ein ganzes Buch darüber schreiben; aber wie ist es mit uns bestellt, wenn wir von allen guten Geistern und Seelen verlassen sind? Wenn wir gesetzestreu, moralisch einwandfrei gelebt haben und mit unserem letzten Stündlein jegliche Aussicht auf weitere Vergnüglichkeiten ausgehaucht haben? Von den alten Ägyptern – aber auch anderen Kulturen – ist uns bekannt, dass dann unsere verbliebene sterbliche Hülle möglichst in Richtung „ewiges Weiterleben" dem Totenreich übergeben wurde.
Teilweise wurde sogar fröhlich gezecht, weil man glaubte, dass ein wahres Ende überhaupt nie eintritt, weil man sich eben rein materiell, statisch gesehen hatte. Christen, Moslems und Juden wissen aber, dass der leblose Körper, der Leichnam, im Erdreich verfault und seine Bestandteile für neues Leben verwendet werden.
Dem Verwesungsprozess wird auch manches Mal ein Schnippchen geschlagen, indem der Leichnam verbrannt wird. Aber auch

die Asche wird – wenn nicht dem Meer – der Erde zurückgegeben. Das ist ja in Ordnung, was mich dabei aber stört, ist das unheimlich kostspielige – und total unnötige – Drumherum! Mir ist es völlig egal, ob ich in einem Zinksarg, in Eiche gebettet oder nackt im Lehmboden verfaule, ich spüre davon nichts mehr. Ob ein teurer Grabstein mit goldener Inschrift noch dreißig Jahre an meine ehemalige Existenz erinnert und danach wieder kostenpflichtig entsorgt werden muss, nützt mir für mein heutiges Leben gar nichts. Es sei denn, ich neide meinen Erben die Ersparnisse ...
Da ist mir der Gedanke an ein Bild von mir im Wohnzimmer meiner Tochter lieber. Ich habe gerade noch Verständnis für eine Abschiedsfeier, weil da meine Verwandten und Freunde mich noch mal gemeinsam – in Gedanken – leben lassen, sich noch mal an mich erinnern; aber merken tu ich davon bestimmt nichts mehr. Und die Blumen, mit denen ich in der Gruft um die Wette faulen soll, die könnten mich zu Lebzeiten eher erfreuen ...
Ich zweifle stark daran, ob Gott die zeremonielle Vermarktung des Todes so will, vielleicht könnte er sich auch mit dem Gedanken anfreunden, medizinisch brauchbare Teile sofort wieder in den Lebenskreislauf zurückzuführen und den Rest, na ja, Faulgrube, Fischfutter. Friedhöfe könnten auch zur Linderung der Hungersnot in Weizenfelder umgewidmet werden.

7 – Die Sprache

Wir wissen ja dass es neben der Stimmäußerung auch noch die Körpersprache gibt. Insofern brauchen wir uns gar nicht soviel darauf einbilden, dass angeblich nur der Mensch das Verständigungsinstrument Sprache besitzt. Bei den Tieren überwiegt wohl die Mimik und Gestik, vielleicht auch der Geruchssinn, um das Sozialgefüge in ordentlichen Bahnen zu halten, wir Menschen bevorzugen Stimmbänder, Zunge und Ohren – die

Gebärdensprache und Duftsignale kommen zwar auch zum Einsatz, spielen aber mit fortschreitender Zivilisation eine etwas untergeordnete Rolle.

Es soll hier auch nur die menschliche Sprache, insbesondere unsere Muttersprache betrachtet werden: Also, wir wissen ja alle, was gemeint ist, wir wissen, dass jedes Volk seine eigene Sprache entwickelt hat, dass manch eine Kultur Begriffe aus einer Nachbarkultur übernommen hat, dass jede Gesellschaft sich mit ihrer eigenen Sprache verständigen kann, damit das Zusammenleben gestalten kann.

Wenn ein Wort – in Form unterschiedlicher Schallwellen – aus meinem Kulturkreis auf mein Trommelfell knallt, können meine zuständigen Nerven und Sinneszellen dieses allgemein so deuten, wie der Absender der Töne mir dieses vermitteln wollte; aber nie so ganz exakt, wenn er nämlich „rot" absendet (und sich hellrot dabei vorstellt) kommt bei mir vielleicht „tiefrot" an; wenn er „Gebäude" losschickt, definiere ich das vielleicht als „Hochhaus", mein Nachbar aber als „Bungalow" …

Ein Laut oder ein einziges Wort ist also fast nichts sagend, wir können uns nur eindeutig verständigen, wenn wir immer ganze Sätze übermitteln; zumeist reicht ein Satz nicht aus, es müssen Zusatzerklärungen abgegeben werden, diese fordern wiederum Zusatzfragen heraus, usw. Das nennt man Unterhaltung, Kommunikation, Verständigung, Besprechung … außer für die eher seltenen Selbstgespräche wird die Sprache als Medium zwischen zwei – oder mehreren – Menschen gebraucht.

Es gibt aber noch kein Volk, wo die Sprache so eindeutige Zeichen setzt und so zweifelsfrei verstanden – bzw. gedeutet – wird, wie zum Beispiel eine Ohrfeige oder ein dargebotener Apfel. Egal, wer sich mit wem unterhält, wer vor welchem Publikum redet, jedes gesprochene Wort ruft bei den Angesprochenen unterschiedliche Assoziationen hervor. Ja, das kann sogar so weit gehen, dass Ehescheidungen und Kriege ausgelöst werden. Oft passiert das tatsächlich aus Versehen, da sagt einer etwas in seinen Augen völlig Harmloses und eigentlich gut Gemeintes, und sein Gegenüber versteht das als Beleidigung. Das kommt täglich vor, wenn der vermeintlich Beleidigte dann sofort die Muskeln spielen lässt, bevor er seine grauen Zellen bemüht, dann haben wir den Salat.

Der Verursacher des Streites jedoch hat diesen gar nicht gewollt, das Versehen war Folge unserer unpräzisen Ausdrucksweise. Aber es gibt auch skrupellose Menschen, die genau diese Tatsache, dass es unmöglich ist, einem Gegenüber seine Vorstellung exakt mit wenigen Worten darzulegen, für ihre Machenschaften schamlos, ja, teilweise sogar in krimineller Weise, ausnutzen. Ganze Völker wurden auf diese Weise schon von Demagogen irregeleitet und ins Verderben gestürzt. Sektengründer und Trickbetrüger bedienen sich gerne einer verwirrenden Ausdrucksweise, und Politiker überzeugen ihre Anhänger am erfolgreichsten, je besser sie es verstehen, sich so viel sagend nichts sagend auszudrücken, dass jeder Zuhörer sich in seiner eigenen Meinung bestätigt fühlt.

Mit der Sprache können Emotionen gesteuert werden.

Je besser jemand eine Sprache beherrscht, desto eindeutiger kann er zwar seine Meinung zum Ausdruck bringen, aber nur, wenn der Adressat derselben Sprache auch hinlänglich mächtig ist. Eigentlich müsste sich jedes Mitglied einer Sprachgemeinschaft ständig damit beschäftigen, an seiner Ausdrucksweise zu feilen und seine Mitmenschen auf Unzulänglichkeiten hinweisen. Weil dann aber, wenn sich alle nur mit Sprache beschäftigen würden, die ganze Volkswirtschaft zusammenbrechen würde, haben wir diese Aufgabe gut bezahlten Sprachwissenschaftlern übertragen.

Neben den Sprachwissenschaftlern gibt es aber auch verschiedene Berufsgruppen, die ständig damit beschäftigt sind, aus dem Ausland neue Ausdrücke zu importieren, die dann wieder für Verwirrung sorgen. Auch die nachwachsende Jugend ersetzt laufend längst geläufige Ausdrücke durch Neuprägungen oder Bedeutungsverschiebungen, damit jeder merkt, dass sich die Generationen nicht

allein durch Geburtsjahrgänge unterscheiden. Dadurch bleibt die Sprache am Leben, und die Sprachwissenschaftler brauchen sich um ihre Arbeitsplätze nicht sorgen.
Ein richtiges Krebsgeschwür für unsere Sprache sind die ganzen Werbebotschaften, das geht von „Grüner als grün" bis „Besser wie (als!) besser", die können einen mit ihrer stümperhaften und meist nur fragmentarischen Ausdrucksweise „töter" als tot machen und genieren sich nicht, Wahrheitslügen unters Volk zu streuen. Manches mal sind solche – auch durchaus mal politisch gewollten – Wortneuschöpfungen, und seien sie noch so unsinnig, ganz nützlich. Zum Beispiel das Wort „Nurhausfrau", das war eine wahre Zuckerbombe in das deutsche Wirtschaftswunder nach dem zweiten Weltkrieg; eine geniale Koproduktion von Wirtschaftspolitik und Arbeitsamt, Soziologen und Psychologen … Der Wiederaufbau war fast abgeschlossen, und die Wirtschaft in Westdeutschland boomte und wollte nicht aufhören zu boomen.
Aber sie drohte an ihre Grenzen zu stoßen, weil es an Arbeitskräften mangelte. Besonders den Wirtschaftsweisen war bekannt, dass die kleinste Unternehmung, die ursprünglichste Form eines Wirtschaftsbetriebes also, der Familienhaushalt ist. Und diese Kleinstbetriebe hatten alle einen Chef, die Hausfrau.
Begünstigt durch die Tatsache, dass diese Unternehmungen alle nur funktionieren konnten, wenn jemand, in der Regel der Ehegatte, Familienvater, Haushaltsgeld reinbutterte, konnte den Frauen weisgemacht werden, dass ja der eigentliche Boss ihr „Geldgeber" sei. Mal ehrlich, welcher Bäckermeister denkt, dass der Müller, der ihm das Mehl liefert – oder der Bankangestellte, der ihm einen Kredit bewilligt hat, – der wahre Boss seines Ladens ist? Also, die selbständigen Unternehmerinnen wurden allesamt massiv beleidigt, sie hießen jetzt nicht mehr Hausfrau – was, wenn nicht unbedingt positiv, aber dann wenigstens neutral klingt – sie wurden jetzt als NUR-Hausfrauen in die Gesellschaft eingestuft, man hat sie einfach abgewertet,

ihnen Minderwertigkeitskomplexe eingeimpft, und die Küchen waren leergefegt.

Emanzen haben das noch unterstützt indem sie kräftig die angebliche Abhängigkeit von Mann und Kindern geschürt haben, deren Logik: „Wenn du deine – von deiner eigenen Familie abhängige – Unternehmereigenschaft aufgibst und dich dafür in die Abhängigkeit eines wildfremden Bürochefs begibst, bist du gleichberechtigt!" Allerdings, Mädels, warum soll sich nur immer euer Gatte von seinen Bossen schikanieren lassen, wir wollen Schikanen und Haushalt teilen! Nur wussten die armen Männer nicht, wie sie den frisch gewaschenen BH auf die Leine hängen sollten … Heute wäre manch einer froh, wenn sich der Ausdruck Nurhausmann/-frau als Schmeichelwort verwenden ließe.

Nun wollten die Emanzen damals aber gleich gründlich aufräumen, das Schimpfwort „Hausfrau" war ja noch nicht alles, aber es hatte gewirkt; vielleicht kann man dem deutschen Volk – und selbst unseren damaligen Politikern – ja noch weiter Sand in die Augen streuen. Jetzt waren genügend weibliche Kräfte in allen Büros; dass die schriftliche Anredeform „Sehr geehrte Herren" diskriminierend war, stimmt auch! Belegschaft, hört sich schlecht an, „Werte Leser" klingt zu männergerichtet, also „Sehr geehrte Herren und Damen!"

Nein! Um Gottes Willen, die Damen gehören nach vorne! Also hat man sich – ohne nachzudenken – geeinigt, es soll nun fortan heißen: „Sehr geehrte Damen und Herren", egal, ob du einem einzigen Mann schreibst, oder einer Firma/Behörde. Die Männer merken sowieso nicht, dass diese Anredeform, so sinnlos, wie sie verwendet wird, wieder Männer diskriminierend ist. Ein Unrecht wurde einfach beseitigt, indem man die Diskriminierung vertauschte! Warum nicht Nägel mit Köpfen machen? Wenn ein Mann ein Publikum anspricht, ist höflich: „Sehr geehrte Damen und Herren!", wenn eine Frau ein Publikum anspricht, ist höflich: „Sehr geehrte Herren und Damen!"

Jedenfalls wäre das in meinen Augen Gleichberechtigung. Die andere Form hingegen ist doch nur „Rollentausch".

Sehr enttäuscht von unseren Sprachhütern war ich, als sie keine Einwände erhoben – zumindest nicht annähernd eindringlich genug, als die total verrückte Behauptung unters Volk gestreut wurde, unsere MUTTERSPRACHE sei frauenfeindlich! Glaubt wirklich jemand, dass unsere Mütter so naiv waren, als sie die Sprache schufen? Wenn es eine Vatersprache wäre! Mit so blöden Argumenten wie: die Berufsbezeichnungen in Deutschland sind Männer diskriminierend, weil uns immer das Schwänzchen abgeschnitten wird, Bäcker ist nur ein Fragment von Bäckerin, Verkäufer nur eine unvollständige Verkäuferin, Metzger eine abgeschwächte Metzgerin ... könnte ich vielleicht auch von wichtigen Dingen ablenken. Damit das Thema in meinem Sinne ja ernsthaft und umfassend diskutiert wird, kann ich weitere Indizien für die Gemeinheiten bringen, die uns Männern unsere Sprachschöpferinnen angetan haben: Haben die doch vorsätzlich den männlichen Mehrzahlartikel weggelassen, da finden sich tatsächlich elf Fußballer erst unter dem weiblichen Artikel als DIE Mannschaft, eine ganze Klasse (wenn nicht das Zimmer, sondern die Insassen gemeint sind) wird ohne Rücksicht auf das tatsächliche Geschlecht vorsorglich immer unter dem weiblichen Artikel zusammengefasst – egal, ob überhaupt Mädchen dabei sind oder nicht. Die ganze Menschheit ist weiblich, da regen sich die Mädels auf, weil es im Biobuch heißt: „Der Mensch" aber rechnet doch mal nach, wie viele Personen gibt es auf der Welt? Als Mann könnte ich – mit Emanzenlogik – beleidigt sein, wenn jemand mit dem Finger auf mich zeigt und dabei „die Person" sagt ...

Einen Trost habe ich aber: Es müsste heißen „der Hebammer", da haben die Frauen die kürzere Berufsbezeichnung. (Und einer ist länger als eine.) Vielleicht wäre es ganz gut, wenn wir unseren Kindergärtnern mit diesen Mitteln Minderwertigkeitskomplexe mit in den Dienst geben, dann sorgen sie vielleicht dafür, dass unsere von ihnen betreute Brut künftig mitdenkt und nicht nur nachplappert.

Es ist schon gemein, dass der Krieg, der Tod, der Hass und die Geburt, die Freude und die Liebe den Eindruck erwecken, dass alles Schöne und Gute weiblich ist, alles Verderbliche und Böse männlich, aber glücklicherweise finden wir zum Trost ein paar Ausnahmen wenn wir unsere Sprache durchforsten ... Allerdings ist es eher traurig als witzig, wenn wegen – erfundener – harmloser, unauffälliger, sicher unbeabsichtigter Diskriminierungstendenzen, die Sprache eines Volkes derart verunstaltet wird, wie es in Deutschland in den letzten Jahren der Fall war.

Und traurig ist besonders, dass eine einzige Person einen Irrtum präsentieren darf und das ganze Volk diesen als Tatsache verarbeitet. „Schüler" z. B. war ein geschlechtsneutraler Sammelbegriff für eine Lerngemeinschaft, genau wie die Klasse; wehe nun der Lehrerin, dem Lehrer, die/der es heute wagt, vor die Klasse zu treten und zu sagen: „Liebe Schüler!", Die/der wird gesteinigt, es heißt jetzt – völlig unsinnigerweise – „Hallo Schülerinnen und Schüler!", egal, ob ein Lehrer oder eine Lehrerin die Ansprache hält!

Auch geschlechtsneutrale Sammelbegriffe wie „Angestellte" und „Beamte" mussten reformiert werden. Angestellte hört sich ja sowieso schon weiblich an, da braucht man nichts unternehmen, (männliche Entdiskriminierung war nie ein Thema), total idiotisch ausgedrückt, aber du weißt, was gemeint ist. Bei den Beamten sah man aber Handlungsbedarf; Beamte musste durch Beamtin (immer schön vorne dran) und Beamter ersetzt werden. Das einzig sinnvolle Nebenprodukt dieser Maßnahme war die Schaffung der „Amtfrau". (Rätin hört sich allerdings nicht komisch an, oder gefällt dir die Königin nicht?)

Das Kürzel für jemand ist „man", die intelligentesten Frauen und Männer übersehen, dass das nichts mit „Mann" zu tun hat und meinen dem „frau" gegenüberstellen zu müssen. Hoffentlich bringt der ganze Entdiskriminierungszirkus unserer Mutterspra-

che nicht noch verwirrendere Ausdrucksformen und Kommunikationsregeln hervor wie zum Beispiel: „Frauenmannschaften sind männlichen Gesellschafte(r)n stets voranzustellen, nur wenn eindeutig feststeht, dass kein weibliches Attribut dem Inhalt einer Rede innewohnt, darf ausnahmsweise eine maskuline Anredeform Anwendung finden!"
Warum eine Frauenhandballmannschaft – in der kein einziger Mann mitspielt – besser ist, als eine Handballfrauenschaft oder eine Frauenhandballgruppe, das kapiere ich beim besten Willen nicht. Ich freue mich schon auf die Mitgliederinnen und Mitglieder des noch zu gründenden ‚Vereins für geschlechtsneutrale Sprache' …

8 – Der Kampf der Geschlechter

Das ganze Leben ist ein Kampf. Die Evolution funktioniert auch nur in einem einzigen Dauerkampf. Das hat sie aus dem Universum übernommen, in die Pflanzenwelt übertragen, in die Tierwelt und macht auch beim Menschen keine Ausnahme. Demnach ist zweifelhaft, ob wir tatsächlich schon die Krone der Schöpfung sind, denn die müsste sich doch als „Endsieg über die Natur" entpuppen; bin ich froh, dass es noch nicht so weit ist. Wenn man sich überlegt, dass die ganze Dynamik im weiten Universum nichts anderes ist als ein ewiges Geben und Nehmen, Fressen und Gefressenwerden (oder Klauen und Aufdrängen), dann ist ein Leben ohne Kampf überhaupt gar nicht vorstellbar. Natürlich sollten wir unterscheiden zwischen dem Vernichtungskampf, dem Krieg, und dem Erbauungskampf, dem Wettkampf, dem Spiel. Beim Wettkampf wollen alle Beteiligten profitieren … und tun es auch. Hingegen beim Krieg – sollte lediglich der Sieger profitieren – kann man nachher nie so genau sagen, wer – neben dem Schaden – den eigentlichen Nutzen davonträgt. Pflanzen und Tiere würden allein aus diesem Grunde nie einen Krieg der

Geschlechter heraufbeschwören, denn das würde nur dazu führen, dass die Spezies ausstirbt. Sie lassen also Vernunft walten, obwohl sie keine Vernunft besitzen.

Nur einige vernunftbegabte Menschen sind so unvernünftig den Art erhaltenden, unbedingt notwendigen Geschlechterkampf durch einen Krieg zwischen den Geschlechtern ersetzen zu wollen. Dass solche unsinnigen Gedanken überhaupt erst aufkommen konnten, ist natürlich Folge der Moral. Diese wiederum ist ja von Männern erfunden worden, die absolute Kontrolle über den Weg ihrer Gene herstellen wollten. Vielleicht waren die ersten Moralapostel aber auch neidisch auf die überlegene weibliche Orgasmusfähigkeit …

Egal wie, weil die Moral (als Umsetzung göttlicher Befehle und der daraus abgeleiteten Gesetze) fast ausschließlich aus männlicher Sicht entstehen konnte, führte das leider zwangsläufig dazu, dass den männlichen Interessen mehr Aufmerksamkeit geschenkt wurde als den Wünschen ihrer Mütter; mit der schlimmen Folge für die ganze Menschheit, dass das Weibliche dem Männlichen untergeordnet wurde.

So ist der „Emanzipationsgedanke" absolut richtig, aber der davon abgeleitete „Gleichheitsgedanke" (als Gleichberechtigungsgedanke getarnt) ist irgendwie widersinnig. Natürlich würde ich als Mann gerne selbst mein Kind zur Welt bringen und es an meiner Brust stillen, auch wenn das mit Umständen und Schmerzen verbunden sein sollte, aber es würde belohnt mit intensiveren Sinneswahrnehmungen und höherer Lebenserwartung. Das Holzhacken überließe ich meiner Frau gerne und würde dafür meinem Hobby „Kochen" frönen … Noch besser wäre es natürlich, wenn ich mit meiner Partnerin jederzeit – nach Lust und Laune, in gegenseitigem Einvernehmen – alle Rollen tauschen könnte … einmal übernimmt sie den „männlichen" Arbeitspart, einmal ich die weibliche Diplomatie. Ideal wäre, wenn ich meine Frau in ihrem Beruf als Krankenschwester vertreten könnte, wenn sie dafür meinem Arbeitgeber als Maurer nütz-

lich sein könnte. Eigentlich sollte der Arbeitsmarkt so beschaffen sein, dass nicht einzelne Erwerbstätige eine Stelle bekommen, sondern dass jeder Familie ein Job zugeteilt wird …
Wir sind ja schon auf dem richtigen Weg, wenn Frauen an die Front dürfen, um gegnerische Männer zu erschießen … Es gibt sehr viele Angelegenheiten und Aufgaben, die von Frauen und Männern gleich gut (und gerne) erledigt werden können. Aber Zwangsquoten? Weil es noch nicht genügend männliche Hebammern gibt, krampfhaft dafür sorgen, dass entsprechender Nachwuchs ausgebildet wird und gute weibliche Kräfte eventuell einem Quotenheini weichen müssen? Wann kommt endlich die Päpstin, wo sind die weiblichen Imame?
Ist dir schon mal aufgefallen, dass eine Frau nach einem befriedigenden Liebeserlebnis ganz begeistert davon schwärmt, wie glücklich ausgefüllt sie sich fühlt, während ihr Liebhaber total entspannt und erleichtert aus den Liebeswolken fällt? Was ist dran an den Phallussymbolen; wurden sie errichtet, um sie in die Brunnen oder Teiche (Höhlen) der Wolllust zu stürzen? Warum ziehen Frauen und Männer gegen einander?
Weil sie sich gegenseitig anziehen, die Dynamik des Universums, der gegenseitige Austausch von positiver und negativer Ladung findet hierin seinen Fortgang. Frauen suchen in ihrem „Gegner" die ihnen selber fehlenden männlichen Eigenschaften, der Mann findet Bereicherung in den ihm genetisch verwehrten weiblichen Anteilen des Menschseins.
Was ist dran an den – männlichen – Jägern und den – weiblichen – Sammlerinnen?
Ist es nicht möglicherweise doch von der Evolution so gewollt, dass Frauen eher locken, sammeln, vereinnahmen, während Männer dazu tendieren, zu erobern (den Verlockungen nachzugeben)? Ist es nicht ein naturgewolltes Spiel mit natürlichen – tendenziell geschlechtsspezifischen – Spielregeln?
Was wäre ein Brunnen ohne Wasser, was nützt ein Spielplatz ohne Ball? Was ist höher zu bewerten, der Brunnen oder das Wasser, das

Spielfeld oder der Ball? Wir sollten uns nicht darauf konzentrieren, die biologisch bedingten Unterschiede zwischen den Geschlechtern aus der Welt zu schaffen, sondern deren Bewertung zu überprüfen! Es ist doch selbstverständlich, dass der Stürmer auf dem Fußballplatz anders ticken muss als der Torwart. Unterschiedliche Perspektiven erfordern unterschiedliche Reflektionen, Reaktionen, unterschiedliches Denken und Handeln! So ist es auch selbstverständlich, dass unsere Gehirne, unsere Schaltzentralen sowohl von der biologischen Seite, von Geburt oder Hormonhaushalt, als auch von der gesellschaftlichen, der kulturellen Seite her beeinflusst, geprägt werden. Deswegen gibt es genetisch bedingte, rein weibliche Eigenschaften und Verhaltensweisen, tendenziell – von den Lebensumständen beeinflussbare –, überwiegend weibliche Eigenschaften und kulturbedingtes, erziehungsabhängiges weibliches Verhalten. Es gibt menschliche Eigenschaften, die beide Geschlechter besitzen, die aber trotzdem – zumindest tendenziell – eher der einen oder anderen Seite zugeordnet werden können (nicht zwangsläufig müssen).

So kann eine Frau zwar mit einem Schwert gegen andere Frauen kämpfen, sie wird aber –tendenziell – wenig Chancen gegen männliche Schwertkämpfer haben. Frauen haben auch – und das ist naturbedingt – ziemlich wenige Chancen gegenüber Männern bei Athletik-Wettkämpfen. Im gesamten Berufsleben, im Arbeitsbereich kommt es ganz auf den Stand der Technik an. In den meisten Lebensbereichen werden keine geschlechtsspezifischen Anforderungen nötig sein, und es gibt sicher einige Männer, die auf weiblichem Terrain geschickter agieren als viele Frauen; es gibt sicher viele Frauen, die auf einem Gebiet, wo eher männliche Attribute gefragt sind, hervorragende Leistungen bringen. Beim Wettbewerb in Haushalt, Familie, Beruf, Kultur und Gesellschaft sollte man die natürlichen Unterschiede der Geschlechter positiv bewerten.

Der Kampf der Geschlechter drückt sich in Liebe aus, in dem Bestreben nach menschlicher Vervollkommnung. Kein Mann, keine Frau kann jemals für sich behaupten, ein vollkommener Mensch zu sein (nicht einmal ein Zwitter). Der perfekte Mensch kann nur aus einem heterogenen Paar bestehen ... Deswegen wird der Mann ewig die Frau erobern wollen und die Frau ewig den Mann vereinnahmen wollen. Dieser Kampf sichert das Überleben unserer Spezies.

Einen Krieg zwischen den Geschlechtern vom Zaun brechen, wäre masochistisch mit sadistischem Anschein. Richtig ist, dass alle Frauen dieser Welt ihre gesamten weiblichen Fähigkeiten, auch ihre natürlichen, biologischen Überlegenheiten, gegenüber den männlichen in ihren Lebensablauf und in das Weltgeschehen einbringen sollten. Falsch ist aber der momentane Trend, Männliches einfach durch Weibliches zu ersetzen. Wenn dein Macho keines Anderen Begierden auf deine Schönheit aufkommen lassen will und solcher Gefahr (eigentlich der Gefahr, dass du von einem Anderen geschwängert wirst) dadurch vorbeugt, indem er dich in der Öffentlichkeit dein hübsches Gesicht verbergen lässt, bedenke, dass du auch unerkannt bleibst, wenn du – unter einem schwarzen Umhang versteckt – auf dem Heimweg vom Markt einen Abstecher in das Haus deines Liebhabers machst. Was auf den ersten Blick als Unterdrückung gedeutet werden kann, ist manches Mal ein Segen für die – vermeintlich – unterdrückte Person ...

Frauen dieser Welt, wägt ab zwischen Diplomatie und Vernichtungskrieg! Bekämpft nicht eure Männer, Söhne und Väter, sondern zeigt ihnen – ohne Einsatz von Muskelkraft – wem die „Herren der Schöpfung" überhaupt ihr „schönes" Leben zu verdanken haben, bringt ihnen bei, „Danke" zu sagen ... und ihr, Männer dieser Welt, seht ein, dass ihr ohne Frauen nicht existieren würdet ...

9 – Die Wirtschaft, Patente und Urheberrechte
(geändert am 31.12.1999)

Schnell war sie vorbei, die schöne Zeit, als wir im Garten Eden lebten, als uns die gebratenen Tauben auf die naturgeschmückte Tafel flogen und der süße Wein in unbegrenzter Menge in unsere erhobenen Becher floss. Wenn du dich jetzt mal – für eine Exkursion in deine Vergangenheit – von deinem Zukunfts-Gen trennen könntest und in deine Ursprünge zurückreist, erinnerst du dich: Da bist du mit deiner Horde auf Bäumen herumgekrabbelt und hast Früchte gegessen, hast am Boden Nüsse geknackt und hie und da mal ein Rehlein erschlagen, wenn es dir nach Fleisch gelüstete. Manchmal hat dich der Hunger auf die Wanderschaft geschickt, manchmal auch der Schnee. Jedenfalls gab dir ursprünglich die Natur alles, was du zum Leben brauchtest. Du musstest nur mobil sein. Dann konntest du dich ihrer nach Herzenslust bedienen.

Irgendwann warst du des Wanderns müde; die Plackerei mit dem ewigen Nesterbau und die Erkenntnis, dass es haltbare und lagerfähige Früchte gibt, dass es unterwürfiges Getier gibt und dass du auch den Boden nutzen kannst, brachten dich auf die Idee, zu wirtschaften. Du bist in ein Stadium gelangt, wo du dich nicht mehr einfach bedient hast – ohne Danke zu sagen – sondern wo du erst einmal investieren musstest, bevor du ernten konntest. Du hast Körperschweiß und Kompost mit der Saat in den Boden gesteckt, bevor du dich an den Früchten deiner Mühen laben konntest.

Das war anfangs auch ganz in Ordnung, so im Einklang mit der Natur, beinahe gegenseitig. Du hast schließlich gemerkt, dass dein Nachbar besser Brot backen konnte als du, deine Marmelade aber hat viel besser geschmeckt, als seine; und der andere Nachbar verstand sich viel besser auf die Lederverarbeitung als ihr beide. Also habt ihr euch auf Arbeitsteilung und Spezialisierung verständigt. Die ersten Schwierigkeiten daraus ergaben sich, als ihr noch nicht abschätzen konntet, ob der Gegenwert für eine Pelzmütze zwei Krüge Wein und fünf Hühnereier ist oder sieben Eier gerechter wären. Die Lösung des Problems wurde mit dem eiligst erfundenen Geld aus der Welt geschaffen. Solange jeder einsah, dass für eine Leistung eine Gegenleistung nötig war, und solange so viel produziert wurde, wie gebraucht wurde; solange auch die Natur soviel zurück bekam, wie man ihr entnommen hatte, ging das alles wunderbar. Leistung und Gegenleistung wurden friedlich untereinander ausgehandelt, und der Handel war geboren.

Aber diese Harmonie war einigen Herrentieren dann doch bald ein Dorn im Auge, manchen Mitmenschen gingen die Schwitzerei und die Rückenschmerzen von der Feldarbeit auf die Nerven, andere hatten bald die Nase voll davon, sich ewig mit dem Hammer auf den eigenen Daumen zu klopfen. ... An manche Ware kam man ja viel leichter ran, wenn man sie einfach klaute, wenn man sich ihrer bemächtigte, ohne vorher einen Finger dafür zu krümmen ... Zu allem Überfluss gab es auch noch Menschen, die nicht mehr damit zufrieden waren, dass ihnen das zum Leben Notwendige zur Verfügung stand, sondern sie wollten im Überfluss schwelgen.

Ich will gar nicht im Einzelnen aufzählen, was die Leute in den Anfängen des Wirtschaftens so alles erfanden, was sie kultivierten und wieder verwarfen, das ist ja auch nicht mehr relevant, wichtig sind nur diejenigen Faktoren, die bis in unsere Tage wirken ... und von denen nur diejenigen, welche eventuell vernünftig modifizierbar sind: Zum Beispiel die große Verschwendung und der Raubbau an der Natur!

Während die ersten Wirtschaften lediglich der Bedarfsdeckung dienten und eine absolute – fast an Wahrheit grenzende – Daseinsberechtigung hatten, dient heute einer der größten und einträglichsten Wirtschaftszweige, die Werbeindustrie mit all ihren Hilfswissenschaften und Zulieferern, gerade der Wirtschaftsförderung mittels Bedarfsproduktion und Bedürfnis-Erfindung.

Früher sind die Wirtschaftsbosse unters Volk gegangen und haben erkundet, was benötigt wird; heute streuen sie Komplexe und Mangelgefühle in alle Welt um den Bürgern ihre Bedürfnisse einzuimpfen, ihnen zu suggerieren, was ihnen noch alles fehlt. Mit erpresserischen Methoden schicken sie ihre Helfer und Helfershelfer mit missionarischem Eifer sogar schon in die Kindergärten, um den Kleinsten beizubringen, dass sie ja schön unkritische und modeabhängige Konsumidioten werden müssen. Das geschieht aber so raffiniert unauffällig, dass die Verantwortlichen selbst es – angeblich – selber nicht merken. (Markenwerbung mit all ihren Tricks darf ich hier nicht ansprechen.) Das ist in meinen Augen Unterdrückung und Entmündigung! Wenn ich mir vorschreiben lassen muss, was mir zu gefallen hat; wenn mir damit gedroht wird, dass ich vor aller Welt lächerlich gemacht werde, wenn ich im Modetrend nicht mitschwimme, wenn ich mich dem allgegenwärtigen Konsumterror nicht unterwerfe, dann ist das eigentlich ein Angriff auf meine körperliche und geistige Unversehrtheit und grundgesetzwidrig.
Aber welcher Rechtsanwalt würde mich in diesem Punkt vertreten? Naturgesetzwidrig ist sogar die große Verschwendung über den künstlich erzeugten Bedarf hinaus. Von unzähligen Beispielen hier nur mal dieses: Nun hast du dich zum Zweitwagen überreden lassen, fährst damit in die Garage hinter deinen Erstwagen und beschädigst dessen Heck. Du steigst aus und zweifelst erst einmal an den Fähigkeiten der Autokonstrukteure, fragst dich: „Wozu war eigentlich die Stoßstange gedacht?" Von wegen, um kleinere Stöße aufzufangen, nee, jede Rempelei soll doch einen Schaden nach sich ziehen, die Werkstätten sollen Reparaturaufträge bekommen!
Die Stoßstangen sind nur dazu da, um den Fahrer in Sicherheit zu wiegen, damit er ja ein bisschen unvorsichtig fährt. Warum der Gesetzgeber nie eine einheitliche Stoßstangenhöhe vorgeschrieben hat? Überleg doch mal, würde das der Verschwendung nützen? Würde das mehr Beulen und Reparaturaufträge, mehr

Steuern einbringen? Das Gegenteil! Nenne mir das Gesetz, welches zur Vernunft und Sparsamkeit führt oder sage mir, wo der Gesetzgeber eine Maßnahme unterstützt hat, die der Verschwendung wirksam Einhalt gebieten würde. (Dosenpfand? Dass ich nicht lache …)

Hast du schon einmal probiert, ein Teil von einem Auto (zum Beispiel eine Blinkleuchte oder ein Hinterrad) durch ein entsprechendes Teil von einem anderen Wagen auszutauschen? Wenn du kein Gegenstück von genau dem selben Typ, desselben Baujahres findest, wirst du Pech haben. Das ist aber kein Zufall, das ist pure Absicht! Die Autokonstrukteure sind mehr damit beschäftigt, die Weiterverwendung einzelner Elemente der Fahrzeuge zu verhindern als ihre Zweckmäßigkeit, Sparsamkeit und Sicherheit zu verbessern. Das wird dir als Produktvielfalt und Innovation verkauft. Die Kisten könnten viel gebrauchsfreundlicher hergestellt werden, aber es werden Unsummen an Entwicklungskosten verursacht, damit die Vehikel schnell verbraucht werden!

Das gilt natürlich nicht nur für die Fahrzeugbranche, schau dir den Reißverschluss deiner Daunenjacke an oder den Netzstecker deines Handys … Einsamer Konsumboykott bringt die Hersteller nicht zur Vernunft. Gegen die industrielle Materialschlacht bin ich machtlos und unterwerfe mich resigniert dem Konsumzwang. Lediglich an die Unfähigkeit der Verpackungsingenieure und Designer kann ich nicht mehr glauben; ich unterstelle denen, dass manche Behältnisse absichtlich so gestaltet sind, dass die Verbraucher einen Teil des bezahlten Gutes ungenutzt wegwerfen müssen, damit der Hersteller mehr verkaufen kann als gebraucht wird. Ich lass' deswegen neuerdings alle verwinkelten Marmeladengläser in den Verkaufsregalen stehen, weil ich schätze, dass ich jedes Mal mindestens Belag für zwei Scheiben Brot den Schoko, Nuss- oder Fruchtaufstrich mit der Verpackung entsorgen muss, weil weder mit Löffel noch mit Messer eine vollständige Entleerung möglich ist. Aber irgendwann fühle ich mich wieder erpresst, verarscht!

Mein Bruder ist – schon länger her – mit einem selbst entworfenen Bauplan zu einem Architekten gegangen, um eine antragsgerechte Vorlage für eine baubehördliche Genehmigung zu bekommen. Ausdrücklich sollte es sich erst einmal nur um eine Beratung handeln, gewissermaßen eine Entscheidungshilfe. Der Architekt – oder sein Bauzeichner – kupferte zwar die Zeichnung meines Bruders vorlagegerecht ab, bekam aber keinen endgültigen Auftrag, weil das Bauvorhaben nicht ausgeführt werden sollte. Klar, dass die Bemühungen wegen der Zeichnung durch meinen Bruder zu entschädigen waren, aber ihm flatterte eine vollständige Rechnung nach der Gebührenordnung für Architekten ins Haus, und der Kerl hatte tatsächlich rechtlichen Anspruch, als hätte er einen Plan nach eigener Idee aus seinem überstrapazierten Gehirn hervorgequetscht! Als Rechnungsgrundlage diente der voraussichtliche Erstellungswert oder so ähnlich! In meinen Augen Quatsch! Der hat mit meinen Steuergeldern studiert und darf mich dann auf diese Art ausbeuten! Pfui! Diese erfolgsunabhängigen Gebührenordnungen bestimmter Berufsgruppen gehören sowieso endlich mal auf den Prüfstand …

Dann ist da noch die Sache mit den Provisionen. Die ganzen Vermittlungsprovisionen sind schädlich für Verbraucher, egal, ob Versicherung, Immobilie oder Kredit (oder auch Partner); welcher Vermittler treibt die Preise nicht in die Höhe, wenn als Provisionsgrundlage der Handelswert des Vermittlungsobjektes dient? Ich zweifle sehr stark daran, dass es für den Makler ein größerer Aufwand ist, wenn er ein Haus für 300.000 DM zu vermitteln hat, statt wenn es 250.000 DM kosten würde …!

Und noch was, nur als beispielhafte Darstellung: Mein Sohn hatte vor elf Jahren auf seiner Heimorgel ein angenehm klingendes Musikstück komponiert, nur als Hobby und zum Privatvergnügen. Das spielte er mir jedes Jahr zum Geburtstag vor. Ich hatte immer große Freude daran – bis ich vor zwei Jahren eine zufällig ganz ähnlich klingende Melodie im Radio hörte. Danach war die Freude dahin: Als mein Sohn anlässlich meines 55. Geburtstags das Stück öffentlich aufführte (wohlgemerkt sein Original!), gab es Riesenärger, diese Melodie war nämlich inzwischen ein geschützter Radiohit eines bekannten Interpreten, der hatte von nun an das Urheberrecht.

Ich sehe den Tag kommen, an welchem mein Enkel eine Gebühr – für Sprachbenutzung – bezahlen muss, bevor er sprechen lernt, wo der Olympiateilnehmer eine Gebühr an den Sieger der vorigen Spiele bezahlen muss, wenn er dessen Sprungtechnik anwenden will ... Wenn es so weitergeht, kommt auch der Tag, an welchem ich eine Urheberrechtsgebühr bezahlen muss, wenn ich aus Versehen ein neues Modewort in den Mund nehme, wenn ich ein Gedicht zitiere, wenn ich bei einer Prüfung einen Gesetzestext oder eine mathematische Formel wiedergebe ... Herr Adam Ries, wo soll ich deine Gebühr verscharren? Na ja, man darf ja wohl mal ein bisschen übertreiben; ein zu leiser Wecker könnte nutzlos sein!

Da gibt's denn ja auch noch die Patentämter. Ich habe mir nicht die Mühe gemacht, zu recherchieren, wer das erste Patentamt eingerichtet hat. Die Grundidee und die Einrichtung ist auch nicht schlecht: Wenn ich mein ganzes Vermögen und meine ganze Arbeits- und Geisteskraft investiert habe und dazu noch Kredite aufgenommen habe, um endlich den geländegängigen Offroad-Kinderwagen auf den Markt bringen zu können, soll mein Einsatz erst einmal entlohnt werden, bevor sich meine Konkurrenten daran gesundstoßen. Weil zumindest die Mehrheit der Entdecker, Forscher und Erfinder möglichst individuell ruhmreich in die Geschichte eingehen wollen oder weil sie aus reiner Geltungssucht oder Habgier nicht bereit sind, Ruhm und Gewinn infolge ihrer Errungenschaften mit Kollegen zu teilen, ist die Patenterteilung also schon nötig, damit diese Individuen überhaupt tätig werden. Dass ihre Erfolge nur möglich geworden waren, weil der Steuerzahler und der Verbraucher, den sie hernach zum Dank gehörig

zur Kasse bitten, dafür sein Bestes gegeben hat, und dass seine Gesellschaft ihm erst einmal kostenlos ihr gesamtes Wissen zur Verfügung gestellt hat, ihn aufgegleist hat, das wird gerne vergessen oder einfach verschwiegen! Wenn wir das so akzeptieren, dann natürlich auch ich!
Ich kriege nur Bauchkrämpfe, wenn es um – oft lebensnotwendige, oder – von der Natur selbst hervorgebrachte Dinge geht. Dass bisher niemand damit Erfolg hatte, die Atemluft oder das Regenwasser unter Patentschutz zu stellen, ist sehr beruhigend. Ich ärgere mich aber furchtbar darüber, dass z. B. die Speisekartoffeln von Jahr zu Jahr ungenießbarer werden und wenn ich meinen Bauern darauf anspreche, er mir beteuert, dass er selber keine Saat nachzüchten darf, weil Saatgüter inzwischen nur noch von Zuchtanstalten bezogen werden dürfen, die Patente besitzen! Also, da bleibt mir die Puste weg! Was haben diese Patentbesitzer den Indianern gegeben, denen die Vorfahren die Ackerfrucht geklaut haben? Vielleicht ist es mir auch entgangen, dass ein schlauer Bauer seine braunen Legehennen endlich unter Patentschutz gestellt hat und nur noch Nachzucht mit seinem entgeltlichen Einverständnis genehmigt ist? Na ja, bis die Bratkartoffel oder der Kamillentee ein Patent bekommt, werde ich wohl schon mit Petrus frühstücken.
Aber dass wir Verbraucher uns täglich von den Ölkonzernen und den Preisgestaltern des Lebensmittelhandels beleidigen und für dumm verkaufen lassen müssen, und dass das noch kein Verbraucherschützer oder Politiker erkannt haben will, das kann ich einfach nicht einsehen. Welcher Idiot glaubt denn noch an eine scharfe Kalkulation, wenn alle Preise mit neun Zehntel Pfennig angegeben werden?
Der einzige Grund für diese schwachsinnige Preisangabe ist doch der an Betrug grenzende Versuch, den preisbewussten Kunden den Überblick zu erschweren! Es ist die Untergrabung der Preisauszeichnungspflicht. Die Nachkommastelle ist in meinen Augen „Unterschlagung oder ungerechtfertigte Bereicherung", weil

stets ein um einen Pfennig geringerer Preis suggeriert wird! Solche Preisangaben sind deswegen betrügerisch, weil der Händler mir keine Zehntelpfennige rausgeben kann!
Diesem Katz-und-Maus-Spiel an den Tankstellen sollte ein ordnungspolitischer Riegel vorgeschoben werden, indem an den Zapfsäulen die Preise mindestens eine Woche gehalten werden müssen! Wie oft kehren Tankkunden zähneknirschend wieder um, wenn sie extra einen Spaziergang abgebrochen hatten, um ihr Auto aus der Garage zu holen, weil sie an einer Tankstelle einen günstigen Preis gesehen hatten, wenn sie dann an der Zapfsäule enttäuscht einen weitaus höheren Preis vorfinden, als vor wenigen Minuten angezeigt war? Das ist eine unverschämte und obendrein die Umwelt schädigende Verarschung der Autofahrer!
Ich finde es auch ungeheuerlich, dass die so genannten Warentermingeschäfte überhaupt erlaubt sind; zumindest, wenn es sich um Lebensmittel – oder lebensnotwendige Güter – handelt. Was ist denn der Unterschied zwischen den Spekulanten und dem Raubritter, der mir mit seiner bewaffneten Horde den Zugang zu meinem Kornfeld versperrt, bis ich ihm ein übersteuertes Lösegeld bezahle?
Wozu haben wir eigentlich gut bezahlte Wirtschaftspolitiker und Rechtsanwälte, wenn immer neue, am äußersten Rande der Legalität anzusiedelnde, erpresserische und windige Ausbeutungswege angeblich legalen Eingang in das Marktgeschehen finden? Die Wirtschaftspolitiker sollten dafür sorgen, dass den einzelnen Mitgliedern der Gesellschaft die Möglichkeit gegeben wird, mindestens ein der Gemeinschaft angepasstes Leben zu führen, dazu sind eben ordnungspolitische Maßnahmen, notfalls Handelsbeschränkungen erlaubt. Freie Marktwirtschaft oder soziale Marktwirtschaft darf kein Tummelplatz für Raffgierige sein; sie muss dafür sorgen, dass nicht die „Ehrlichen" ständig übervorteilt werden!

10 – Pflichten und Rechte

Als ich noch Kind war, wurden mir von meinen Lehrern und Eltern zuerst alle Pflichten eines ordentlichen Bürgers für ein rücksichtsvolles Verhalten in der Gesellschaft bekannt gegeben, danach hat man mich über meine Rechte aufgeklärt.
Heute scheint es umgekehrt zu sein, die Jugend erfährt zuerst ihre Rechte, danach hat sie kein Interesse mehr, ihre Pflichten zu erfahren geschweige denn wahrzunehmen. Wenn ich – mit meinem Krückstock, mit erkennbarer Gehbehinderung – in einen voll besetzten Omnibus steige, steht jedenfalls niemand mehr auf, um mir einen Platz anzubieten; im Gegenteil, die jungen Leute drängeln sich sogar vor mich, um den letzten freien Sitz zu erhaschen. Rücksicht, Anstand und Hilfsbereitschaft wird unserem Nachwuchs offenbar nicht mehr vermittelt.
Man hört zwar auch heute noch viel von Solidarität, von Gerechtigkeit und Grundrechten, aber die Bedeutung dieser Begriffe scheint gegenüber meiner Zeit eine starke Wandlung durchgemacht zu haben, das Demokratieverständnis und Sozialempfinden ist ein ganz anderes als noch vor vierzig, fünfzig Jahren. Wir damaligen Jugendlichen wären jedenfalls noch nicht auf die Idee gekommen, dass die Gesellschaft uns Geschenke machen muss, ohne dass wir dafür eine Gegenleistung erbringen brauchen.
An der Bushaltestelle bin ich deswegen neulich mit einer Gruppe Jugendlicher in Streit geraten und musste mir böse Beschimpfungen gefallen lassen: Ich hatte es gewagt, mich in ein Gespräch einzumischen, bei welchem es um das Recht auf freie Berufswahl und die Bildungsfreiheit ging. Zwei Kunststudenten, zwei angehende Bauingenieure und ein Jurastudent wollten eine Demo organisieren, bei welcher die Forderung nach einem angemessenen Studentenlohn angekündigt werden sollte.
Ich mischte mich in das Gespräch ein, als einer der Beteiligten erwogen hatte, dass man Anspruch auf ein durchschnittliches Monatsgehalt eines Lehrers habe. „Meine Herren, wie schwer

wiegt das Eigentumsrecht der Steuerzahler gegen Ihr Recht auf freie Berufswahl?"
„Was willst du Alter? Bei uns darf jeder studieren was er will!"
„Und wer bezahlt das?"
„Das steht im Grundgesetz, jeder darf nach seiner Neigung den Beruf und das Studium wählen, dann muss der Fiskus dafür selbstverständlich aufkommen."
„Was nützt die Neigung, das reine Interesse für ein bestimmtes Fach, wenn eventuell keine entsprechende Begabung vorhanden ist, was die Gesetzgeber seinerzeit aber sicher stillschweigend als selbstverständliche Voraussetzung angenommen hatten? Vielleicht wird das allgemeine Recht auf Bildung ein bisschen falsch gedeutet, die Gesetzgeber können nicht gemeint haben, dass wir Steuerzahler 50.000 Studienplätze für Steuerberater finanzieren müssen, wenn wir höchstens 10.000 Fachkräfte brauchen; welchen Nutzen habe ich, wenn ich einem jungen Menschen ein Ingenieurstudium finanziere, wenn der zum Dank dafür mit der guten Ausbildung ins Ausland geht und meiner heimischen Wirtschaft vernichtende Konkurrenz bietet? Und ob uns zugemutet werden darf, dass wir Hobbystudien bezahlen, die der Gesellschaft niemals einen Nutzen bringen?"
„Wir haben schließlich das Abitur, dann können wir auch studieren!"
„Das ist noch die Frage, wenn heute zwar für manche Ausbildungsplätze das Abitur gefordert wird, wo vor dreißig Jahren noch die Mittlere Reife reichte, bedeutet das nicht etwa nur, dass für den Beruf höhere Anforderungen an die Kandidaten gestellt werden als damals, sondern dass das Abitur in der Qualität gesunken ist. Was meint ihr, soll ein Spender dem Bettler einen ganzen Liter Wein einschütten, obwohl der dir nur ein Halblitergefäß hinhält? Das wäre Verschwendung! Wenn über die Hälfte eines Schuljahrgangs studierreif sein soll, was hat die angebliche Hochschulreife dann noch für einen Wert; können überhaupt mehr als fünfzig Prozent eines Jahrgangs zur Bil-

dungselite gehören, die Menschen können doch nicht von 1957 bis 1987 so viel intelligenter geworden sein?"
„Du hast doch keine Ahnung Alter, kümmere dich lieber um deinen Friedhofsplatz..." Vielleicht habe ich wirklich nicht genug Ahnung, aber da darf das letzte Wort noch nicht gesprochen sein ...

Was auf den folgenden vier Seiten dieses Kapitels weiter geschrieben steht, kann ich leider nicht entziffern, ich werde auch die fünf anderen Kapitel nicht veröffentlichen, da geht es um Politik und Völkergemeinschaften, um Ernährung und Umwelt, um Integration und Gesundheitspolitik, um Verkehr und Wohnungsbau.
Auch scheint Dr. h. c. Braun sich mit der Frage nach dem Zusammenhang zwischen Geschäftssinn und Geruchssinn, Spürsinn und Tastsinn, Unsinn und Sehvermögen, Schwachsinn ..., also mit den diversen Sinneswahrnehmungen, Sinneseindrücken und Sinnes-Deutungen befasst zu haben; die diesbezüglichen Niederschriften kann ich aber leider nur bruchstückhaft und mit größter Mühe entziffern, so dass ich dieses Kapitel 12 weglasse in der Hoffnung, dass es nicht von allzu großer Bedeutung für das eigentliche Aussageanliegen ist.
Herr Braun hat in den letzten fünf Abschnitten wohl sehr viel über Themen recherchiert und kommentiert, welche seit Ende des Zweiten Weltkrieges bis etwa 1987 in den öffentlichen Medien öfter behandelt worden sind. Dann hat er wohl bis 1993, eine schöpferische Pause eingelegt, oder die Dokumente aus dieser Zeit sind verschwunden, oder ich habe ich sie beim Ausräumen der Wohnung übersehen, weil sie woanders abgelegt waren als in der Schreibtischschublade.
Das meines Erachtens einzig Erwähnenswerte sind Ideen aus den Architekturüberlegungen, dass Herr Braun sich ernsthaft mit der Frage beschäftigt hatte, ob man Wohnungen und Bürogebäude nicht in Berge hineinbauen sollte, um einerseits Ackerland zu bewahren als Gegenmaßnahme zu Hungersnöten ... und andererseits Wärmeenergie einzusparen, gleichzeitig würden angeblich Klima-

anlagen und Schallschutzmaßnahmen überflüssig. Er macht auch den Vorschlag, dass man bei den künftigen Infrastrukturplanungen darauf achten sollte, Verkehrsstraßen möglichst zu überbauen. Seine Idealvorstellung: Zuunterst – in zugänglichen Schächten – sämtliche Abwasser und Versorgungskanäle, darüber Straßen, zwischen den Autospuren die Schienenwege, die Autospuren überbaut mit Geschäften und Grünanlagen; dabei wären die Fahrstraßen vor Schnee und Glatteis geschützt, über die offenen Gleisbereiche käme Licht und Luft herein. Als Alternative verlegt er Geschäfte und Fuß- und Fahrradwege in das Erdgeschoss und lässt darüber die Motorfahrzeuge – unter einem Dach aus Sonnenkollektoren – fahren.
Am Ende des Heftchens sind ein paar Seiten mit selbst verfassten Gedichten eingeheftet. Diese zu veröffentlichen sehe ich mich nicht genötigt, höchstens eine kleine Kostprobe:

Nummer eins (Vom März 1958)

Ich zählt' schon meine Stunden,
was hatt' ich wohl gefunden?
Ich bedachte meine Sünden,
war eine – als solche – wahrhaft zu begründen?

Wozu des Geistes Kraft,
hab' ich denn etwas geschafft?
Was sollte ich alleine streben
hier im allgemeinen Leben?

Sind wir Menschen nicht alle doch im gleichen Schacht,
wo jeder seine Pflicht nur macht?
Darf da der Eine nur alleine,
oder müssen Alle ihren Einsatz geben,
und nicht der Eine ganz alleine,
wohl das merke, nur einem Ziel zustreben?

Weihnacht 1964

Ach, war'n das noch Zeiten,
als ein selbst gestrickter Schal
noch Freude konnt' bereiten,
und ein Fisch als Festtagsmahl.

Für Handel und Konsumterror
ist Weihnacht heut' nur Alibi!
Es kommt mir vor,
als sein wir nur Verbrauchervieh;

was nützen die Appelle
an unser gutes Herz,
sehn wir an gleicher Stelle,
die uns erinnert an das Elend und den Schmerz,

in den Nachrichten aus aller Welt
Werbung für Geschenk und Festtagsschmaus,
man will nur unser Geld,
echte Weihnachtsstimmung bleibt da aus.

Das soll reichen, insgesamt sind es dreiundzwanzig Gedichte, davon allein neun zur Weihnachtszeit. Hinter die Gedichtsammlung sind noch einige Zettel mit diversen Sinnsprüchen und Zeichnungen geheftet sowie einige unbekannte, mir völlig unverständliche mathematische, physikalische und chemische Formeln. Außerdem – offensichtlich als Nachtrag oder Neuformulierung vom 31. Dezember 1999, – das Kapitel 9, welches ursprünglich an siebter Stelle war.
Man möge mir es verzeihen, dass ich in diesen Abschnitt eine eigene Erfahrung eingebaut habe, nämlich die Sache mit der Orgelmusik meines Sohnes. Silvester 1999 war dann wohl auch Alfred

Brauns allerletzter Schreibversuch ... Ich kann leider nicht alles entziffern; mir scheint, der gute Alfred hat sich da selber Fragen gestellt, welche er offenbar mit der linken Hand aufgeschrieben hatte, daneben oder auch darunter hat er dann mit der rechten Hand die Antworten geschrieben; ob er sich diese selbst ausgedacht hat oder ob er in schlauen Büchern nachgeschlagen hat oder sogar Freunde oder Medien bemühte, kann ich leider nicht feststellen. Anfangs habe ich mir überlegt, warum die Fragen – offensichtlich mit der linken Hand, etwas krakelig, in grüner Tinte niedergeschrieben wurden, während die – mit der erkennbar rechten eigentlichen Schreibhand in flüssigerer Form – dokumentierten Antworten mal schwarz, mal blau dargestellt sind. Ich vermute, dass das lediglich der Übersichtlichkeit dienen sollte.
Aus diesen achtundsiebzig Seiten Niederschriften, Skizzen, Formeln und geometrischen Zeichnungen versuche ich jetzt eine Zusammenfassung zu erstellen (unter dem Vorbehalt, dass ich nicht den Anspruch erheben darf, die mir vorliegenden Dokumente in allen Teilen richtig entziffert zu haben):

Zusammenfassung/Schritt zum Verständnis:

Stell dir vor, du willst eine ganz einfache geometrische Berechnung ausführen, du sollst das Volumen, den Rauminhalt eines Schuhkartons (eines Quaders) ermitteln. Was machst du zuerst? Du nimmst ein Lineal und misst: $L = 35$ cm, $B = 25$ cm, $H = 20$ cm. Du hast gelernt: $V = L \times B \times H$ und freust dich über diese leichte Übung, kannst das im Nu im Kopf berechnen, klar: $V = 17.500$ cm^3. Du verkündest stolz: 17,5 Liter.
Aber was hast du wirklich gemacht?
Zuerst hast du ermittelt, wie oft 1 cm in der Länge, der Breite, der Höhe enthalten ist; was hast du dabei gedacht? 1. Dimension „Strecke" (Gerade, Linie), in deiner Vorstellung (Imagination) hast du Striche gesehen, die eben gemessen Längen

hast Du tatsächlich materiell wahrgenommen und glaubst an die erste Dimension. Ich behaupte nun, die erste Dimension ist nur Einbildung, real gibt es die nämlich gar nicht. Versetz' dich in eine Bazille, dann erkennst du in dem Strich plötzlich einen Baumstamm oder eine Gliederkette aus lauter Tintenmolekülen. Du Mensch hast dir die immaterielle Seitenlänge als Strich begreifbar gemacht; einen Baumstamm einfach auf eine „eindimensionale" Linie reduziert; radixiert, Wurzeln gezogen, wo keine sein dürften.

Wenn du die Grundfläche ausrechnest, was machst Du? Du legst Linie an Linie, als Bazille „Baumstamm an Baumstamm", deine Fläche, der du die zweite Dimension gibst, besteht real aus vielen Körpern. Erst wenn du Fläche auf Fläche gestapelt hast, bis das Höhenmaß erreicht ist, wenn du also in der dritten Dimension angelangt bist, dann stimmt die reale Wahrheit mit deiner Einbildung überein, mit deinem Begreifbaren, dem Begriffenen, den Begriffen.

Wenn du es richtig betrachtest, dann siehst du in der dritten Dimension nicht die äußere Begrenzung, die Hülle, sondern den Inhalt. Wenn wir aber vom Weltraum sprechen, meinen wir meistens eine imaginäre Hülle, innerhalb welcher sich das Universum abspielt. Und das ist der Denkfehler vieler Erdenbürger: sie wollen die Wände ihrer Kammer betrachten, sie sehen das Weltall als Zimmer und bilden sich ein, dass dieses ja schließlich begrenzt sein muss, das können wir aber vergessen, es gibt keine Begrenzung.

Genau so wenig, wie wir die komplette Ewigkeit betrachten können, können wir uns von der Unendlichkeit ein Bild machen; wir können aber innerhalb der Ewigkeit trotzdem Berechnungen in Jahren, Tagen, Sekunden anstellen; genauso können wir innerhalb der Unendlichkeit Kilometer, Meter, Millimeter für Rechenvorgänge verwenden. Wenn wir etwas nicht begreifen, nicht messen, nicht wiegen können, dann gehen wir einige Stufen zurück, bis Fakten in unseren Erfahrungsbereich passen.

(fünf Sinne, drei Dimensionen). Damit will ich dir nur verdeutlichen, dass wir Menschen auf verschiedenen „Wahrheitsstufen" oder „Wahrnehmungsebenen" denken.
Was ist denn eigentlich Denken? Denken ist „Puzzelspielen"; wenn du denkst, dann versuchst du die momentan auf dich einwirkenden Sinneswahrnehmungen mit früheren Eindrücken zu koppeln. Wenn du nachdenkst suchst du im Puzzle der bisherigen Eindrücke die für momentane Überlegungen wichtigen Teilstücke, wenn du überlegst, legst du bisherige Eindrücke so übereinander, dass sie zusammenpassen, dass sie dir einen Sinn geben. Wenn du kombinierst, im Sinne einer Problemlösung nachdenkst, dann stellst du im Gehirn Spiegelbilder zusammen, bis sie eine Übereinstimmung herzeigen.
Dein Denken wird angeregt über deine fünf Sinne, Nachrichtenleitungen von und zur Umwelt. Alle Sinneswahrnehmungen sind verschiedene Welleneingänge in dein Nervensystem (Lichtwellen, Schallwellen, Wärmewellen – Infrarotwellen – letztendlich ist der Empfang von Duft- und Geschmacksmolekülen wohl auch ein elektromagnetisches Wellengeschehen).
Während Lichtwellen und Schallwellen zunächst als rein physikalische Komponenten Eingang in unsere Wahrnehmungsfähigkeit finden, werden Geschmack und Duft bereits elektrochemisch erkannt. Alle Sinneswahrnehmungen werden elektromagnetisch oder elektrochemisch – in gewissen Wellenbewegungen – erzeugt, transportiert und verarbeitet. Sie sind grundsätzlich an Materie gebunden, materiell, deswegen ist scheinbar auch der Denkvorgang an sich materieller Natur. (Der elektrische Anteil ist die „Bewegung" der Elektronen, also die Richtungsänderung der Minimagneten in unseren Zellen, der chemische Anteil die Kolonisation, die Abwanderung und Integration verschiedener Atome in unseren Zellen).
Darum versachlichen wir alle Geschehnisse und Zustände. Wir benutzen oft Begriffe die eigentlich etwas Immaterielles bezeichnen und verwenden sie so, als ob eine Materie dahinter steckt. Die

Länge einer Strecke an sich ist körperlos, und trotzdem machen wir uns ein Bild davon. (Wir reihen Millionen Graphitkörner/Tintenmoleküle/Körper) hintereinander und behaupten, das sei ja nur ein „Strich"!) Wir lassen einen gedachten Punkt (also einen dreidimensionalen Körper) vom angenommenen Ausgangspunkt zur angenommenen Endstelle wandern, unsere Längenvorstellung ist eigentlich eine Bewegungsverfolgung. Bewegung braucht Zeit.

Also ist unser Streckenbegriff (unsere Längenvorstellung) reine Einbildung, wir machen die Punktbewegung von A nach B statisch, wir eliminieren die Zeit aus einer Bewegung heraus! Aus diesem Grunde hätte ich die Zeit schlechthin (ohne Begrenzung) viel lieber als erste Dimension betrachtet, den Punkt als zweite, die Strecke als dritte, die Fläche als vierte und den Raum als fünfte sowie den unbegrenzten Raum, die Unendlichkeit selbst, als sechste Dimension. Mit sechs Dimensionen ausgerüstet, können wir uns dann näher an eine mögliche Weltformel, die ja Voraussetzung für das Leben ist (und das ist wiederum Voraussetzung für ewiges Leben), beziehungsweise an ein plausibleres Verständnis des Universums heranpirschen, als mit nur dreien.

Eine weitere Voraussetzung ist der Freiheitsbegriff: Was ist das, Freiheit? Es ist nichts Anderes als ein Gefühlszustand, die Bewertung zu Abhängigkeiten. Je besser die Abhängigkeiten, in welche ich gebunden bin, zu meinem Lebenskonzept passen, desto freier fühle ich mich. Selbst als ich noch unter freiem Himmel in freier Natur einfach im Garten Eden mir die süßesten Früchte stets einverleiben konnte und der Wein nie ausging, war ich wenigstens abhängig von den Launen der Natur.

Sogar Gedanken können nicht absolut frei sein (trotz des schönen, anders lautenden Liedes), wir können sie nur vor den Mitmenschen verbergen, versteckt halten; denn sie entstehen automatisch, in Abhängigkeit von den Umwelteinflüssen, denen wir im Moment der Gedankenfindung ausgesetzt sind, das können wir nicht verhindern. Unser Denken hängt ab von unseren mo-

mentanen Empfindungen und den Kombinationsmöglichkeiten mit bereits im Gehirn abgespeicherten Eindrücken. Sie sind elektrochemisch an Materie gebunden, selbst aber körperlos (und nur insofern frei).
Gedanken sind lediglich Ereignisse, elektrochemische Vorgänge. Wir können sie statisch machen, indem wir ein Abbild von ihnen in Bild, Wort und Schrift oder als Skulpturen erzeugen. Absolute Freiheit, totale Bindungslosigkeit, existiert im ganzen Universum nicht. Sogar die Atome – oder eventuell existierende noch kleinere Teilchen – können nicht machen, was sie wollen; jedes Teilchen konkurriert in seiner Bewegungsmöglichkeit, seiner Raumfreiheit, mit den anderen ... der Weltraumstaub ist in Konkurrenz zu weiteren Weltraumstäuben, die sind in ihrer Bewegungsfreiheit eingeschränkt durch Galaxien und Sterne, Planeten, Monde und Satelliten – durch die allgemeine Dynamik. Der Vogel, der Tiger, der Fisch ist nicht ohne Konkurrenz, ist aber auch gebunden an sein Element. Also, was ist Freiheit, wo gibt es die?
Nur als Empfindung, als Ahnung können wir sie begreifen – als menschliches Phantasieprodukt. Absolute Freiheit wäre Vakuum, Nichts! Nichts – als absolute Leere, das Nichtssein – kann es schon deswegen nicht geben, weil wir darüber reflektieren, weil wir selber existieren. Es gibt aber doch Leute, die behaupten, sich Nichts vorstellen zu können, auch dass sie selber nur Einbildung sind – aber wenn sie sich als Einbildung empfinden, können sie nicht Nichts sein, dann verwechseln sie lediglich Einbildung mit Nichts! Wenn wir von Nichts sprechen, dann meinen wir in Wirklichkeit etwas Existierendes, was sich aber unserem geistigen, körperlichen und technischen Zugriff entzogen hat, was sich verborgen hält. Wenn wir mit Wahrheiten um uns werfen, oder Lügen verbreiten, dann haben wir es auch nur mit Hilfsvorstellungen, mit Imaginationen zu tun.
Wahrheit (oder Lüge) an sich gibt es nicht, wir beschreiben damit lediglich Relationen, die Positionen verschiedener Subjekte, Ob-

jekte, Ereignisse zueinander. Deswegen kann es keine allgemeingültige Wahrheit geben. Selbst eine wünschenswerte, objektive Weltformel, ein Universalgesetz, muss unserer Einbildungskraft angepasst werden. Aber bevor wir zu diesem Universalgesetz kommen, noch ein paar weitere Schritte zum Verständnis:

Nimm einen Zahlenstrahl, nimm darauf einen Nullpunkt an, rechts vom Nullpunkt sind alle positiven Zahlen, nach links verlaufen die negativen. Zu jeder positiven findest du links ein Pendant, wenn du die zusammengehörigen positiven und negativen Werte addierst, erhältst du immer den Wert Null! (Das ist selbstverständlich hinlänglich bekannt.) Aber welches Pendant hat die Ziffer Null; wir müssten unserem Zahlenstrahl logischerweise eine positive und eine negative Null eingliedern, denn eigentlich dürfen diese beiden Ziffern sich nicht überlagern!
Gibt es + Unendlich und – Unendlich? Von der reinen Logik, wenn wir den Zahlenstrahl nach rechts und links unendlich erweitern, müsste letzteres zu bejahen sein. Aber da macht unser Verstand nicht mehr mit; wenn wir auch eine vage Vorstellung, eine Ahnung davon haben, dass zig Trilliarden + 1 minus zig Trilliarden + 1 auch Null sein muss; wir können einen Computer 1.000 Jahre lang den Zahlenstrahl erweitern und die Rechnung ausführen lassen, es wird nie ein Ende geben; aber Unendlich hängt uns zu hoch, das ist außerhalb unseres Vorstellungsvermögens.
Und trotzdem, obwohl Null und Unendlich für unser plastisches Vorstellungsvermögen nicht existent sind, können wir solche „Werte" als Rechengrößen benutzen. Wir rechnen einfach auf einer anderen (egal, ob höher oder tiefer gelegenen) Bewusstseinsebene weiter, wo kein plastisches Vorstellungsvermögen mehr benötigt wird, wo einfach auf der „logischen Schiene" der Lebenserfahrung weitergefahren wird.
Das ist dann schon der Glaubensbereich …
Da sind eigentlich auch die Religionen angesiedelt, die leider alle – für das durchschnittliche heutige Weltverständnis – durchweg

ziemlich ungeschickt von den Religionsstiftern und Theologen in die plastische Vorstellungswelt oder in den altertümlichen menschlichen Erfahrungsbereich ihrer Entstehungszeit übertragen worden sind, als die Welt noch flach erschien und der Himmel sich scheinbar über die Erde wölbte. Auch wenn es sich dabei lediglich um Glauben handelt, die Religionen sollten sich nicht verhalten wie starre Denkmäler. Ihnen sollte von den Verantwortlichen auch Leben eingehaucht werden. Wie die lebendigen Sprachen sollten auch sie ständig gepflegt und dem jeweiligen kulturellen Verständnis angepasst werden.

Wir verwenden einen Zeitbegriff und einen Raumbegriff; die Zeit steht niemals still, sie selbst ist nicht einmal materiell und wächst doch – bei eindimensionaler Betrachtung – als unendlicher Strahl, als Vektor in den Raum; der Raum kann nicht zeitlos existieren, aber auch nicht ohne Materie. Jedes Materieteilchen nimmt Raum ein und Zeit. Elementarteilchen benötigen „Zeiträume", woraus folgt, dass auch der Zeitvektor dreidimensional, wie zum Beispiel eine Kugelhülle, wächst.
Nun ersetze die Ziffern auf dem Zahlenstrahl durch Elementarteilchen, meinetwegen durch Atome. Die 1 wird durch ein positiv geladenes Atom 1 ersetzt, die -1 durch ein negatives, die 2 durch 2 positive Atome, die -2 durch zwei negativ geladene Atome und so fort; da die Zeit nie still steht, da sie ständig fortschreitet, müsstest du den Nullpunkt eigentlich ständig in +-Richtung verschieben, damit müsstest du aber auch die Atome in gleicher Weise umlagern, damit die Rechnung +x + (–x) = 0 stimmt.
Im Hintergrund jeder mathematischen Betrachtung läuft automatisch der Zeitvektor mit. Der Nullpunkt in deinem Zahlenstrahl verweilt also nur scheinbar an ein und derselben Stelle (weil du die Zeitkomponente unterschlägst) … Unsere Vorstellung: das Atom besteht aus Neutronen, Protonen und Elektronen; die Neutronen bilden zusammen mit den Protonen den Kern, um diesen herum kreisen die Elektronen. – ganz wie die Einzelteile

einer Galaxie – Das Atom ist also kein Elementarteilchen, es ist vielmehr die (vorläufig bekannte) kleinste Gesellschaft, die Urfamilie, den Kern bilden die Eltern, die Elektronen sind die Kinder. Atome schwirren gewöhnlich nicht einzeln durch die Gegend, sondern in Konglomeraten, in Gesellschaftsverbänden. Diese nennt man Grundstoffe, wenn sie nur aus gleichartigen Atomen bestehen; wenn sie aus verschiedenartigen Atomen bestehen, sind es chemische Verbindungen.

Egal, welches Element wir betrachten, die Elektronen kreisen auf verschiedenen Bahnen in den Atomschalen. Offenbar bewegen sie sich aber nicht immer mit der Nase zum Mittelpunkt zeigend, sondern vollführen (ganz genau wie im Universum die Planeten) zusätzlich Eigendrehungen um die eigene Achse – wie wir es zum Beispiel ja von Sonne Mond und Erde kennen. Warum sollte es im Kleinen nicht geschehen wie im Großen? Ich bin überzeugt davon, dass es viel mehr gleichartige Abläufe im Weltall gibt, als wir uns denken. Da gibt es also eine „Urbewegung", Dynamik ohne Beginn und Ende. Warum sollte es einen Zeitpunkt gegeben haben, an welchem die Elektronen angefangen haben, zu kreisen? Zumindest diese „Urdynamik" veranlasst mich, eine absolut erste Bewegung zu verneinen. Diese Urdynamik ist bereits die erste Stufe des ewigen Lebens.

Du hebst einen Eimer Wasser von der Brunnenkante auf die Mauer hinauf. Was passiert? Du entnimmst deinem Frühstücksei Energie (wie sie da hineingekommen ist, lassen wir außer Acht) und transportierst diese durch deine Muskeln in das Wasser und darin auf die Mauer. Du hast eine Ortsveränderung bewirkt. Jede Bewegung ist Energieverlagerung, damit ist auch die Bewegung der Elektronen nicht ohne Energie denkbar, das ist Energie, ist Elektronenwanderung, Energieverlagerung.

Energieaustausch ist die zweite Stufe des ewigen Lebens. Jetzt sollte es uns möglich sein, den heiligen Gral, das Versteck der Weltformel – und damit das Schloss zum ewigen Leben – zu öffnen:

Wir betrachten das „Dasein" und das „Leben": Das Dasein ist die statische Sicht von Materie, Energie, Raum und Zeit. Die Gesamtsumme dieser vier „Größen" ist konstant, sie ist sogar unendlich konstant – klar, das ist eigentlich schon ein Widerspruch, genau wie die Strecke materiell sein soll. –

Wenn wir den vier einzelnen Summanden je einen (unterschiedlichen) Zahlenwert zuordnen, bleibt die Summe immer gleich, wenn wir die Positionen vertauschen, z. B. $1 + 2 + 3 + 4 = 10$; $1 + 3 + 2 + 4 = 10$; $2 + 3 + 4 + 1 = 10$ … usw. Aber auch das Produkt bleibt stets gleich: $1 \times 2 \times 3 \times 4 = 24$; $2 \times 4 \times 3 \times 1 = 24$; $4 \times 1 \times 3 \times 2 = 24$ … usw.

Nennen wir die Weltkonstante für das reine Dasein Wd und für das allgemeine gesamte Leben Wl. Materie = M, Einheit kg; Energie = E, Einheit Joule; Zeit = Z, Einheit sec; Raum = R, Einheit m³; V = Vakuum, Einheit kg/m³

Nach meiner persönlichen Meinung ist das Vakuum nicht ein „Nichts", sondern die „Chamäleonmaterie" oder schwerelose, elektronenfreie, Masse, ich habe sie seinerzeit – im Moorwald bei Renate – als „Briefträgermaterie" bezeichnet; heute würde ich sagen, das ist die den Raum ausfüllende energiefreie – und deswegen nicht wahrnehmbare, nicht messbare – Verbindungsmaterie, welche als Transportweg für Energieteilchen, Photonen, dient; der Elektronen freie Raum vielleicht, oder das Element, welches neuerdings als „Dunkle Materie" bezeichnet wird.)

Dann können wir sagen, nach der Summenformel gilt: Wd = M + E + Z + R + V = (M + E + R + V) + Z. Oder, nach der Multiplikationsformel: Wd = (MERV) Z; Z ist aber nie konstant, deshalb kann es Wd nicht geben, einen absoluten Stillstand gab es niemals und wird es nie geben. Daraus folgt, dass es nur Wl geben kann, ewiges Geschehen, das ewige Leben: Wl = (MER)Z + V = ME x RZ + V. nach Albert Einstein gilt ja : $E = mc^2$. Wir übernehmen E sei die Gesamtheit aller Energie im All und M die Gesamtheit aller m; daraus folgt:

Wl = (RZ x EM) + V; für M können wir einsetzen E:c^2. Dann erhalten wir: Wl = Vkg/m^3 + Rm^3 Zsec x (E^2Joule^2: $c^2m^2sec^2$). Zum angenommenen Zeitpunkt 0 bekämen wir demnach: Wl = Vkgm^3 daraus könnten wir schließen, dass – wenn V „Dunkle Materie" ist – alles Leben mit Vakuum oder dunkler Materie begann, oder auch, dass es nie einen Anfang gab, weil Materie ewig ist. Aber daraus können wir nicht den Schluss ziehen, dass die „Dunkle Materie" sich schlagartig in helle Materie verwandelte. Woher sollte auch der erste Impuls gekommen sein? (Das ewige Kreisen der Elektronen, die Anziehung zwischen Materie und Energie, magnetische Abstoßung und Anziehung brauchten keinen ersten Antrieb und werden auch nie enden.)
Das kann nur bedeuten: Ewig und Unendlich sind – vielleicht periodisch! Wenn aber die Lichtgeschwindigkeit die absolute Höchstgeschwindigkeit im gesamten Universum ist, könnten wir wenigstens feststellen, dass das Verhältnis von der Gesamtmasse des Weltalls zur Gesamtenergie etwa 1 zu 90.000.000.000 ist. Das ist reine Theorie, eine Momentaufnahme unter Vernachlässigung der Zeit. Die Welt ist unbegrenzt und ewig, deswegen bleibt das Verhältnis Masse/Energie konstant!

Was bedeutet das letztendlich? Eben, dass wir den Kosmos gar nicht körperlich (begrenzt) ansehen dürfen, nicht als statische Größe; er ist genau so ein Geschehen, ein Ereignis, wie die Strecke; wir dürfen den Zeitfaktor nur theoretisch eliminieren, um Berechnungen anstellen zu können und unserem rein plastischen Vorstellungsvermögen entgegen zu kommen; die statische Betrachtung, eine Momentaufnahme des Universums entspricht lediglich dem Schnappschuss, dem Foto eines Vogelflugs.
Es mögen alle Berechnungen und Messungen stimmen, die bisher in der Weltraumforschung angestellt worden sind, daran zweifle ich keineswegs; aber hierbei handelt es sich leider nur um die Relationen zwischen Erde, Sonne, Milchstraße und fernen Galaxien, damit ist noch nicht die wirkliche Mitte des Univer-

sums gefunden, der Punkt, von welchem ein Urknall ausgegangen sein müsste; und warum sollte überhaupt ein unendlicher Raum in einen endlichen, also körperlich begrenzten, (und doch noch nicht vorhandenen) Raum wachsen können?

Wenn wir von einem Raum sprechen, dann sehen wir eigentlich den körperlichen, materiellen Inhalt; wir meinen aber die (immaterielle) innere Begrenzung der äußeren Hülle des Körperlichen, wir sehen die Wände unseres Zimmers. Wenn wir vom Weltraum reden, dann sehen wir in unserem geistigen Auge eigentlich den materiellen Inhalt, die vielen Galaxien und Weltraumstäube; tatsächlich ist dieser „Raum an sich" aber selbst immaterieller Natur, so ein Phänomen wie das Streckenmaß – ein Nichts, und das kann man nicht begrenzen.

Dass die Erde – mit schräg gestellter Mittelachse, um die sie selbst rotiert – auf einer elliptischen Bahn um die Sonne kreist und entsprechend der Mond um die Erde dergestalt, dass wir davon Tage, Monate und Jahre ableiten konnten, weiß ja jeder Schüler. Aber die – etwa – alle elf Jahre wiederkehrende Erscheinung der Sonnenflecken könnte auch dadurch verursacht werden, dass wir diese eben nur alle elf Jahre beobachten können, weil die Umlaufbahn nicht auf einem plan gedachten Ring erfolgt, sondern auf einem „Reifen" wellenförmig stattfindet, wenn die Sonnenachse selbst immer im gleichen Winkel zur Erdachse liegt (andernfalls konnte die Erscheinung ein Hinweis dafür sein, dass die Sonne sich auch um eine Achse dreht, oder die Erde um die Sonne trudelt).

Aber auch wenn eine Regelmäßigkeit der Bewegungsabläufe innerhalb unserer Galaxie besteht, was man wohl von allen Galaxien und Sternsystemen annehmen kann, woraus wir eventuell schließen können, dass auch eine entsprechende Abhängigkeit zwischen den Galaxien besteht, ist noch nicht unbedingt sicher, dass alle Körper im Weltall einer bestimmten – für uns durchschaubaren, berechenbaren – Spielregel folgen. Alle Galaxien drehen sich im Universum vielleicht selbst um eine (eventuell gar nicht gleichmäßige) eigene Achse und auf Umlaufschalen um andere Galaxien und Galaxienansammlungen, diese wiederum um eigene Achsen und um andere Galaxienhaufen.

Allein in der Ebene, wenn ich zwei Karusselle in einem bestimmten Abstand betreibe, kann ich das Gefühl bekommen, dass sie sich auseinander bewegen, wenn ich von einem linksherum drehenden Pferd aus auf dem einen Karussell immer ein und dasselbe linksrum drehende Pferd auf dem anderen beobachte. Ab einem bestimmten Zeitpunkt kann der gegenteilige Eindruck erweckt werden. Je nach dem, wie herum sich die Karusselle und in welche Richtungen sich die jeweils darauf befindlichen Figuren drehen, berechne ich Flucht oder Annäherung. Welch komplizierter Rechenaufwand ist aber nötig, wenn keine starre Achse vorhanden ist und die Karusselle sich selbst auch auf Kugelschalen – und dazu mit unterschiedlichen Geschwindigkeiten – bewegen sollten?

Offenbar verhält es sich mit der Materie innerhalb unseres Sonnensystems so wie beim Pizzabäcker, wenn der seinen Teigball rotieren lässt, bis dieser eine Scheibe bildet. Die darin rotierenden Moleküle, Zellen, Sterne, Planeten bewegen sich auf gleichmäßigen Bahnen, die berechenbar sind. Erst wenn die Pizza gebacken, gegessen ist, kehren ihre Teilchen zurück in das Chaos ... Vielleicht können wir uns das Universum aus lauter Diskusscheiben vorstellen, die in gewissen Interdependenzen zueinander im Raum schweben (oder wie ein Plattfischschwarm im Wasser).

Weil schon in der Antike (zum Beispiel zu Nebukadnezars Zeiten in Babylon, aber wohl auch weltweit, wo es Menschen gab) periodische, zyklische und gleichförmige Bewegungen der Gestirne beobachtet werden konnten, konnten überhaupt nur die entsprechenden Kultstätten in Amerika, China, Ägypten und Europa (Stonehenge) entstehen. Die erfolgreichen Weltraumexpeditionen – die auf dem damaligen Wissen aufbauen – beweisen ja, dass hier die dazu erforderlichen Geheimnisse des Alls entdeckt sind. Und trotzdem muss nicht alles richtig gedeutet worden sein; zum Beispiel der Schluss dass das All wächst und deswegen ein „Urknall" stattgefunden haben muss: Die Annahme wäre natürlich nahe liegend, wenn alle Galaxien auf einer Kugelhaut lägen, so wie die Punkte auf einem Ball ... und diese sich mit gleicher Geschwindigkeit (unter Beibehaltung ihrer Verbindungslinien) voneinander entfernen würden, wenn der Ball aufgepumpt wird.

Für die Positionsbestimmungen von Sternen dient unseren Astronomen das bei uns ankommende Licht. Bei entsprechendem Zeitaufwand könnte für die Ortung von festen Himmelskörpern auch die Nutzung von Radiowellen oder Lasertechnik denkbar sein. Die Lichtquellen (Sterne) senden ihre Energie nach allen Seiten, dadurch empfangen unsere Teleskope nicht Lichtstrahlen, sondern pyramidenförmige Lichtbündel oder Kegel. Diese haben auf dem Weg vom „Absender" zum „Empfänger" meist einige Hürden zu überwinden gehabt und „Federn" – Photonen – lassen müssen. Ich kann mich (noch) nicht der Meinung anschließen, dass die „Lichtstrahlen" von Himmelskörpern abgelenkt werden, sondern denke, dass wir auf Erden lediglich den Rest aus den Kegeln erhalten; wie bei einem Pfahl im Fluss die Wellen sich nach einer gewissen Strecke wieder vereinen, passiert das mit den Lichtwellen nach der Kollision mit Planeten oder Sternen wohl auch. Während die Wasserwellen nur teilweise abgebremst und umgeleitet werden, werden den Lichtwellen aber einige Photonen von den Hindernissen weggenommen, dabei wird die Anzahl und die Größe der Weltraumhürden eine Rolle spielen.

Damit möchte ich aber nicht in Abrede stellen, dass die verbleibenden Lichtpartikel (Photonen) bei der Passage von Weltraumkörpern von diesen aus der Bahn geworfen – abgelenkt – werden. Das erschwert lediglich die Positionsbestimmung der Lichtquelle. Die erfolgreichen Weltraumexpeditionen wurden

dadurch nicht beeinflusst, weil diese auf Berechnungen erfolgten, die auf Jahrhunderte beobachteter Harmonie zurückgehen, wie ich – vergleichbar – von einem Karussell aus berechnen kann, wann ich am geschicktesten auf das benachbarte Karussell hinüber springen kann.
Die kosmische Harmonie scheint es also zu geben, sie besteht aber auch darin, dass sich ein ständiger Austausch abwickelt; wo ein Mangel an Elektronen besteht, wird er ausgeglichen, indem an anderer Stelle Elektronen abgezogen werden. Wo ein Überschuss besteht, wird abgegeben. Und wie das im Großen geschieht, so passiert es auch im Kleinen, in der Biologie.

Da fangen wir doch gleich mit dem Licht an; was ist das? Reine Energie, was wir mit unseren Augen als Lichtstrahl, als Lichtwellen wahrnehmen, ist das Eintreffen reiner Energie in unsere Sehnerven. Theoretisch könnten wir uns also auch durch die Augen ernähren ... Warum treffen diese Strahlen uns? Weil irgendwo Energieteilchen (von der Lichtquelle aus) in die Flucht geschlagen wurden oder das Weite suchen. Offenbar ist Materie nichts anderes als gebündelte Energie, ein Energieverbund, gesammelte (in Ruhe befindliche) Energie, was bedeutet, dass Energie die allerkleinste Materieeinheit ist.
Aber wir wollen ja das biologische Leben entwickeln: Da haben sich also im Universum Energiekolonien zusammen gefunden; Atomverbünde, Gase, Galaxien, Sterne, Planeten. Wir sollten uns allerdings von dem Gedanken frei machen, dass dieses zu einem bestimmten Zeitpunkt an einem zentralen Ort geschehen ist, sondern es als ewigen Prozess an unendlich vielen Stellen im All betrachten. Einer dieser Planeten ist die Erde. Was sich hier abspielte, kann sich in ähnlicher – oder auf ganz andere Weise – noch auf vielen Planeten im Universum ereignen. Wir wollen jetzt nur mal unseren blauen Himmelskörper betrachten:
Durch die verschiedenen Vorlieben der Energie und Materieklumpen bildeten sich Gase, Methan, Kohlenstoff, Helium,

Sauerstoff, die Atmosphäre, der Magnetkern, Berge, Erde, Luft und Wasser. Irgendwo im Wasser fanden ein paar Atome (beim irdischen Leben gibt das Kohlenstoffatom den Ton an) sich zu Ribonukleinsäuren, zu Eiweißen und Chlorophyll zusammen. Die physikalischen „Handlungen" von kosmischer Wanderung, von Elektronenwanderung, Energie/Materiewandlung, brachten chemische Substanzen hervor, die sich – Dank der immer noch enthaltenen physikalischen Anziehungstendenzen – zu kosmischen „Liebeleien" hinreißen ließen.

Die lieben Sonnenstrahlen schickten diesen Liebenden noch ein paar Energieeinheiten in den Pelz und es entstanden Algen, Moose, Gräser Bäume; Einzeller, Pantoffeltierchen, Saurier und Eulen. Und schon war die Biologie geboren: erst Physik, dann Chemie und schließlich Biologie. Die Seele dieser drei Wissenschaften ist die Mathematik, sie durchdringt alle anderen Disziplinen, wie die Tierseele die ganze Kreatur. Damit erschienen auch schon bald die ersten menschlichen Saatkeime. Da haben sich so kreuzförmige Gestalten herausgebildet, die X-Chromosomen (Vierbeiner), die spielten paarweise Fangen, bis eines Tages ein Mitspieler ein Beinchen verlor und aus dem X ein Y wurde. Der Wettkampf zwischen den achtbeinigen XX und dem Siebenbeiner XY würde bald ziemlich langweilig, weil acht Füße mehr können als sieben; deswegen einigte man sich darauf, Mischgruppen aus lauter XX-XY-Spielern zu bilden. Die Vereinigung von XX und XY nennt man seither Liebe, und das Paar sind Frau und Mann, die Frau hat acht Anteile und der Mann sieben; gemeinsam sind sie Mensch, ja gemeinsam!

Dem Manne fehlt nämlich ein Zipfelchen, ein Beinchen an den Chromosomen; das versucht er zwar durch die äußere Anatomie auszugleichen, aber das ist eben so wie mit dem Lichtstrahl und der Entfernungsstrecke, wir sehen oft nur Scheinrealitäten. Aus dieser Erkenntnis folgt der Schluss:

Männer dieser Welt, seht ein, dass die Spezies Mensch nicht alleine männlich sein kann, auch nicht alleine weiblich! Mensch = fünfzehn Chromosomenteile, alles Weibliche und Männliche in Homo sapiens zusammen, dabei könnten sieben Anteile deckungsgleich sein, was bedeuten würde, dass Frauen einen Anteil zusätzlich haben (darin könnten allerdings auch solche Gene versteckt sein, die das Größenwachstum und den Muskelaufbau hemmen ... also bitte keine Bewertung!)

Männer werden immer von Frauen geboren, verdanken ihr Leben vorrangig den Müttern, (nicht Robotern), von Natur aus kann die Frau dem Manne nicht untertan sein; wenn religiöse Botschaften anders klingen, dann wurden diese garantiert falsch ausgelegt, verkehrt gedeutet und missioniert (ob absichtlich, oder aus Versehen, sei dahingestellt)! Alfred Braun – und schon damals, 1957, im Moorwald Renate – hatten es richtig erkannt: Welcher Hürdenläufer bremst sein rechtes Bein mit der linken Hand? Das machen aber Männer, wenn sie ihre Frauen einschränken; wer seine Partnerin am technischen, ökonomischen und wissenschaftlichen Fortschritt behindert, der behindert auch die komplette Weitergabe des Fortschrittes an seine Nachkommen, der verhält sich so, wie der Hürdenläufer der sich selber ausbremst.

Frau und Mann müssen im selben Maße gleichberechtigt am Leben teilhaben, wie das rechte Bein und das linke Bein nur gemeinsam – und gleichberechtigt – beweglich zu einem Sieg führen können. Das genetische ewige Leben kann nur von Frau und Mann gemeinsam realisiert werden, dazu sollten sie auf gleicher Stufe stehen. Was wäre Mann ohne Frau, was wäre Frau ohne Mann? Zweifellos haben die Geschlechter – nicht etwa nur von der falschen Erziehung her – unterschiedliche Stärken, (welcher Vater könnte sein Frischgeborenes an der eigenen Brust stillen? Deswegen ist es tatsächlich natürlich und zweckmäßig, dass gewisse Aufgaben innerhalb einer Familie geschlechtsspezifisch aufzuteilen sind); aber mit der Summe all ihrer Fähigkeiten sind Frau und Mann wie Materie und Energie, nur wenn sie sich ergänzen, können sie den Sinn und Zweck des Lebens, das wahre

Menschsein erreichen. Wir dürfen aus unserer – meist selektiven, einseitigen – Sicht auch nicht schließen, dass der Mann beim Liebesakt die Oberhand hat. Wir können behaupten, der Mann erobert die Frau, dringt in ihre Aura ein. Wir können es aber auch so sehen, dass die Frau lockt, dass sie das Feuer ist, welches den Mann verschlingt in seiner Sehnsucht nach Wiedergeburt und Reproduktion wie ein Phönix.

Das Leben an sich ist ewig, der/das Mensch erreicht die höchste Stufe des ewigen Lebens, wenn er seinen winzigen Augenblick der Ewigkeit als ein „Elementarteilchen" innerhalb des Universums erkennt; er ist nicht gottgleich und noch nicht die Krone der Schöpfung, aber wir sind wohl eine der wenigen Spezies, die es selbst bestimmen können, ob sie der Natur, der Evolution, der weltlichen Entwicklung ins Handwerk pfuschen wollen. Wir wissen, dass unser Planet mit all seinem Inventar von der Sonne mit Energie versorgt wird; die Sonne füttert ihren Trabanten Erde fett, bis sie ihn eines (Weltraum-)Tages verspeisen kann.

Unser lieber Globus lebt im Universum auch nur ein begrenztes Leben wie wir Menschen, die Tiere und die Pflanzen auch. Im weitesten Sinne ist Leben „Fressen und gefressen werden"; die Sonne wird die Erde verschlingen und später selbst von anderen Himmelskörpern verspeist werden!

Die Menschheit kann dem hungrigen Wärmespender in das Handwerk pfuschen indem sie vorzeitig unsere Mutter Erde vernichtet, aber das Universum wird weitermachen, andere Himmelskörper mit alternativen Lebensformen bestücken, von Ewigkeit zu Ewigkeit! Unsere liebe Erde ist nur ein winziger Augenblick im unendlichen Universum, im ewigen Geschehen/Agieren zwischen Plus-Energie und Minus-Energie im körperlosen Zeitraum! Nach Alfred Braun ist das ewige Leben verbildlicht als Wendeltreppe aufzufassen, oder eine Spirale, die wie ein Wollknäuel derart zusammengewickelt ist, dass der gedachte Anfangspunkt mit dem gedachten Endpunkt identisch ist.

Die erste Lebensstufe ist die Elektronenbewegung auf der Atomschale, ein physikalischer Vorgang, die zweite ist die Elektronenwanderung, ein chemischer Vorgang, die dritte Stufe ist die Symbiose verschiedener chemischer Substanzen, ein biologischer Vorgang. Die vielen Kombinationsmöglichkeiten zwischen physikalischen und chemischen, zwischen elektrochemischen, biochemischen und biologischen Aktivitäten und Reaktionen bergen verschiedene und ewig währende Lebensformen.

Wenn wir nun unser menschliches Leben betrachten wollen, müssen wir das in die ewige Wendeltreppe, das Spiralenknäuel, einordnen und erkennen, dass unser Lebenslauf auf irgendeiner inneren Stufe der Ewigkeit stattfindet, dass er einen unendlichen – von unserem Willen unabhängigen – Vorlauf (Ahnenreihe) und einen, durch uns beeinflussbaren, Fortgang (Kindeskinder, auch die reine Wiederverwendung unserer Moleküle oder das durch unser Handeln verursachtes Fortwirken) findet bis zu dem Zeitpunkt, an welchem die Erde, dann auch die Milchstraße aus dem Universum verschwinden; und danach werden unsere materiellen Anteile in weiteren Galaxien lebensnotwendige Verwendung finden …

Arno E. Meyer

Pamjias Schicksal

Die 16-jährige Pamjia landet mit ihrem Raumschiff auf der Erde, da sie – auf der Heimfahrt von ihrer Hochzeitsreise zu ihrem Heimatplaneten Alpha – feststellen musste, dass ihr Stern nicht mehr existiert. Weil sie hier ähnliche Bedingungen und Verhältnisse vorfindet, wie sie zuletzt auf ihrem Planeten herrschten, fühlt sie sich verpflichtet, uns zur Besinnung zu bringen, indem sie die traurige Endphase der Geschichte ihres Heimatplaneten erzählt, welche in engem Zusammenhang mit ihrer eigenen Geschichte steht.

ISBN 978-3-86634-908-7   Preis: 12,50 Euro
Paperback   172 Seiten, 19,6 x 13,8 cm

Wolfgang Brunner

Cryptanus
Der Geruch des Todes

Was kommt nach dem Tod? Philip Goldman meint, an Menschen ihren bevorstehenden Tod „riechen" zu können. Zuerst stirbt sein bester Freund, dann seine geliebte Großmutter. In seinen Träumen gelangt Philip in eine Welt, die „*Abgrund*" genannt wird. Ein androgynes Wesen namens Parr begleitet Philip durch diese Traumwelt und eröffnet ihm, dass er sich in der Welt der Toten befindet. Es stellt sich heraus, dass Philip nicht den nahenden Tod von Menschen riechen kann. Er kann Seelen, die aus dem Reich der Toten geflohen sind, durch seinen Geruchssinn aufspüren. Diese Seelen nutzen den Augenblick aus, in dem ein Mensch stirbt und ergreifen von dessen Körper Besitz.
Philip erfährt, dass Parr eine Art Schutzengel ist. Durch die Erlebnisse im *Abgrund* kommt Philip dem Geheimnis des Todes ein großes Stück näher. Immer mehr wird er von der Faszination der Welt der Toten ergriffen. Sein Weltbild ändert sich mit jedem Besuch im *Abgrund*. Er kommt einem Geheimnis auf die Spur, von dem kein Mensch sich je hätte träumen lassen.

ISBN 978-3-86634-771-7 Preis: 19,80 Euro
Hardcover 345 Seiten, 20,2 x 14,4 cm